KB072540

가프 현대 판타지 소설

MODERN FANTASTIC STORY

밥도둑 약선요리 王왕

밥도둑 약선요리王 13

가프 현대 판타지 소설

초판 1쇄 찍은 날 § 2020년 1월 8일
초판 1쇄 펴낸 날 § 2020년 1월 15일

지은이 § 가프
펴낸이 § 서경석

총괄팀장 § 노종아
편집책임 § 신나라

펴낸곳 § 도서출판 청어람
등록번호 § 제387-1999-000006호
등록일자 § 1999. 5. 31
어람번호 § 제1-3076호

주소 § 경기도 부천시 부일로 483번길 40 서경B/D 3F (우) 14640
전화 § 032-656-4452 팩스 § 032-656-4453
http://www.chungeoram.com
E-mail § chungeorambook@daum.net

ISBN 979-11-04-92115-5 04810
ISBN 979-11-04-91945-9 (세트)

가프 현대 판타지 소설

MODERN FANTASTIC STORY

밥도둑 약선요리 王왕

13

도서출판 청어람

밥도둑 약선요리 王왕

목차

1. 보퀴즈도르 금메달의 전설을 만나다

"오셨습니까?"

강녕전 앞에서 표여중이 민규를 맞았다. 민규는 혼자였지만 표여중 옆에는 사람들이 많았다.

"안녕하세요?"

이번에는 장관과 백 국장도 동행이었다.

"다른 방법을 강구할지 말지가 정해질 겁니다."

민규의 언질이 전해진 모양이었다.

"장관님……."

"수고가 많아요. 나도 책상에만 있자니 좀이 쑤셔서……."

"별말씀을……."

인사를 마친 민규가 앞장을 섰다. 강녕전 문이 열렸다. 안으로 들어가 기둥 앞에 섰다. 표여중과 장관을 제외한 사람들은 거리를 두고 멈췄다.

"기둥과 같은 계열의 적송에서 자란 버섯입니다."

민규가 요리를 꺼내놓았다. 장관이 보기엔 조금 썩다가 만 버섯. 잔뜩 기대하던 표정이 헐렁하게 풀어지고 있었다.

"실망인가요?"

장관의 표정을 읽은 민규가 짐짓 물었다.

"그건 아닙니다만……."

"박사님, 어제 카메라 영상 보셨죠?"

민규가 표여중을 돌아보았다.

"예……."

"몇 가지 유인 재료 중에서 이 버섯에 가장 많은 개미가 꼬였습니다."

"그렇긴 했지만 크게 유의할 무리는……."

"아니었죠."

민규가 질러 나갔다.

"그래서 오늘 더 기대가 됩니다."

"셰프님."

"어제 그 버섯은 아무것도 가미하지 않은 자연 상태의 버섯이었습니다. 먹거리로 쓰기는 맛이 간 버섯. 흰개미들은 비록 소량이나마 그걸 가져다 먹었습니다."

"무슨 뜻인지……."

"어제 시식을 하고 오늘까지도 아무 일이 없으니 오늘 이 요리를 큰 경계심 없이 먹을 거라는 거죠."

"셰프님."

"말씀하셨지 않습니까? 일개미가 먹이 과립을 가져와도 여왕개미는 안전성을 확인한 후에야 먹는다."

"그건 맞습니다만……."

"장관님."

민규의 시선이 다시 장관을 겨누었다.

"이 버섯은 상했기 때문에 선택된 겁니다. 자연의 생물들은 사람보다 후각이나 촉각 능력이 좋아 맛있는 것부터 건드리거든요. 즉, 사람 손이 닿아 상한 게 아니라면 이게 가장 맛나게 자란 버섯이라는 겁니다. 제 생각이 맞나요?"

민규가 표여중의 의향을 물었다.

"맞습니다."

표여중이 동의를 했다.

"거기에 제가 약선 비법을 살짝 더했습니다. 사람에게는 아니겠지만 여왕개미에게는 최고의 식재료가 될 것으로 봅니다."

설명을 마친 민규가 세팅을 시작했다. 흰개미의 통로에 육천기의 향을 피우고 머지않은 곳에 유인용 버섯을 놓았다. 그런 다음, 어제처럼 바닥에 털썩 주저앉았다. 표여중도 민규처럼 앉았다. 장관 역시 주저를 멈추고 민규 옆에 앉았다.

5분.

10분…….

마침내 흰개미 한 마리가 고개를 내밀었다.

'왔구나.'

민규의 시선이 버섯으로 옮겨 갔다. 민규의 계산과 영감, 팩트로 입증될 것인가?

왕의 강녕전 안에 침묵이 내려앉았다. 침묵 속에서 분주한 건 시선과 조명뿐이었다. 자연광을 닮은 조명은 은은한 빛으로 버섯을 비추었다.

'이리 오렴.'

버섯이 속삭였다.

'오렴.'

민규의 바람이 보태졌다.

정찰 흰개미가 결국 구멍을 나왔다. 두 마리가 더 꼬리를 이었다. 투명한 흰개미들의 더듬이가 바쁘게 돌아갔다. 레이더를 가동하는 것이다.

'어제 그 냄새야.'

'그것보다 더 맛있는데?'

흰개미들은 바삐 의견을 나누었다.

'이상은 없는 것 같아.'

'시식해 볼까?'

'그런데 나는 별생각이 없어. 입맛이 없는 것도 아닌데……'

'나도 그래. 하지만 점검은 해야지.'

'그렇지. 우리의 제국과 여왕 폐하의 안전을 위해서.'

흰개미들이 버섯 과립을 물었다. 턱 밑이 바람개비처럼 움직였다. 보기에 비해 강력한 파워였다.

'시식 결과 문제없음.'

'어제 버섯보다 더 맛나고 달콤함.'

흰개미들의 몸에서 페로몬이 나오기 시작했다. 개미의 몸은 페로몬 공장이다. 머리에서 발끝까지 페로몬 생산처들이 즐비하다.

'이 먹이는 안전함, 맛은 SS등급.'

버섯 과립을 큼지막하게 떼어 문 후에 페로몬 선을 바닥에 닿게 했다. 그 상태로 굴로 향했다. 입구에서 개미가 돌아보았다. 바닥에 그려진 페로몬 신호는 완벽했다.

'뭐야?'

입구의 다른 흰개미가 물었다.

'새 먹이. 맛이 끝내줘.'

'정말?'

'한 입 먹어보고 가서 물어 와. 여왕 폐하께서 좋아하실 거

같아.'

흰개미가 과립을 조금 내주었다. 그걸 맛본 흰개미 역시 페로몬 냄새를 따라 버섯을 찾아갔다. 버섯으로 나오는 흰개미들의 숫자가 늘기 시작했다. 30분쯤 지나니 이제는 아주 많았다.

"조짐이 좋군요."

표여중이 속삭였다. 장관의 얼굴에도 기대감이 깃들었다. 민규는 긴장의 끈을 헐렁하게 두지 않았다. 육천기 향을 조절해 현재의 분위기를 유지했다. 버섯 위의 흰개미 떼는 어느새 바글바글이었다.

영차이영차!

소리까지 들리는 것 같았다.

수천 마리 흰개미들의 단체 식사 준비. 걸리버의 소인국 버전 시선으로 바라보니 그 또한 장관이었다. 민규의 요리가 흰개미들의 구중궁궐로 들어가기 시작했다. 그걸 보자니 우공이산(愚公移山)이며 마부작침(磨斧作針) 같은 사자성어들이 실감났다. 우공은 산을 옮겼다. 도끼를 갈아서 바늘을 만드는 사람도 있다. 흰개미들도 그랬다. 잣알만 한 개미들이 주먹만 한 버섯을 옮기다니. 개미들의 능력을 알지만 직접 보는 기분은 또 달랐다.

한 시간 경과.

버섯의 크기는 몰라보게 줄어들었다.

여왕개미…….

과연 민규의 약선소나무풍선버섯요리를 먹을까?

일월오봉도로 시선을 옮겼다. 고려의 왕들도 옥좌 뒤에 병풍을 둘렀었다. 왕에게 약선을 바칠 때 권필의 시선은 늘 병풍에 있었다. 감히 옥체를 바라볼 수 없으니 병풍과 대화를 하는 것이다.

부탁한다.

권필의 바람은 언제나 그랬다.

어떻습니까?

왕에게 물어볼 수 없는 까닭이었다.

부탁한다.

민규도 권필처럼, 일월오봉도에 소망을 남겼다. 세월은 변했다. 손님에게 소감을 묻는 건 이제 문제가 아니었다. 그 대상이 설령 대통령이나 영부인이라고 해도… 그러나 여왕개미에게는 아직도, 물어볼 수가 없었다. 권필이 그랬던 것처럼, 결과를 기다릴 수밖에 없었다.

자기 신뢰.

민규가 만지고 있는 건 그것이었다. 왕의 약선에도 그게 중요했다. 왕의 상태와, 그에 걸맞는 약재와 식재료의 배합. 그것들의 조화… 이 버섯요리에도 당연히 자신감이 실려 있었다. 회심의 승부수로 쓴 취탕과 동기상한. 사람의 경우에도 그건, 먹을 때는 알지 못한다. 몸에 들어가서야 작용한다. 흰개미에게도 여왕개미에게도 다르지 않기를 바랐다.

"그럼 부탁합니다."

표여중에게 당부를 남기고 일어섰다. 민규가 할 수 있는 최선은 다했다. 나머지 일은 역시 표여중과 전문가들의 몫이었다. 표여중은 그 말뜻을 알아들었다. 그 자리에서 목 인사를 하고는 흰개미에게서 한눈을 팔지 않았다. 혹여 여왕개미가 기어 나오기라도 한다면 뒤처리를 해야 했다.

"셰프님."

장관이 따라 나왔다.

"될까요?"

그녀의 목소리가 떨렸다.

"아마……."

민규가 답했다. 이 성패의 반은 하늘이 쥐고 있는 까닭이었다. 요리를 개미굴로 들여보냈다. 그러나 여왕개미가 먹을지 말지는 민규가 정하는 게 아니었다. 변수가 있을 수 있었다. 개미들은 또 다른 구멍을 통해 더 맛난 먹이를 물어 왔을지도 모른다. 작은 개미들의 세계지만 제국은 오묘했다.

"고생하셨습니다."

"별말씀을……."

인사를 하고 차를 향해 걸었다. 최선을 다했으니 발길은 가벼웠다. 차가 가까워지면서 핸드폰을 꺼냈다. 무음 해제를 하려는데 알림이 보였다. 전화와 문자가 잔뜩 들어와 있었다. 발신 번호는 치아키, 문자는 주로 종규가 보낸 것이었다.

[형, 일본 손님이 왔어. 형이랑 약속이 되었다는데?]

아차!

치아키.

그녀를 잊고 있었다. 부재중으로 걸려온 항목을 눌렀다. 치아키가 받았다.

"미안합니다. 출장요리가 있어서요. 곧 도착합니다."

그녀의 양해를 구했다. 민규가 초대한 손님은 아니지만 그녀 또한 각별한 사람. 서둘러 시동을 걸었다.

부릉!

멀어지는 경복궁을 돌아보았다.

부디 여왕개미가 버섯요리를 먹기를.

초조하게 집중하고 있을 표여중에게 응원의 한마디도 잊지 않았다.

*　　　*　　　*

치아키.

그녀는 연못가에 있었다. 그냥 있는 게 아니라 장미꽃을 분해하고 있었다. 민규가 도착했을 때 그녀의 간이 테이블 위에는 장미 꽃잎이 장판처럼 깔려 있었다. 장미꽃의 끝까지, 단 하나의 흠집도 없이 분해해 버린 것이다. 너무 정교해서 조금 섬뜩했다.

"형."

종규가 다가왔다.

"새우는?"

"도착했어."

"다금바리 이야기는 없고?"

"선단이 바다로 나갔대. 곧 소식 줄 수 있을 거라고."

"연근하고 연자도 왔지?"

"다 준비해 뒀어."

"알았다. 일단 손님들부터."

민규가 야외 테이블로 다가갔다.

"치아키."

민규가 테이블 앞에 멈췄다. 치아키의 곁에는 60대 후반에서 70대 초반으로 보이는 남자가 함께하고 있었다. 치아키는 반응하지 않았다. 그러고 보니 꽃잎도 그냥 놓은 게 아니었다. 파인애플 무늬나 꽃잎들처럼 하나의 규칙을 이루고 있었다.

1+1+2+3+5+8+13…….

피보나치수열이었다.

"치아키."

남자가 치아키를 불렀다. 그제야 치아키가 고개를 들었다.

"잠깐만요."

짧은 영어를 남긴 그녀, 하던 일을 계속했다. 꽃잎은 계속 늘어났다. 두 송이, 세 송이… 한 다발 들고 온 장미가 몽땅 분해되고서야 테이블 장식이 끝났다. 테이블은 이제 완전한 장미꽃 테이블보를 쓰고 있었다.

'이 여자…….'

성분요리의 권위자 치아키. 그녀는 뭐든 정교해야 만족하는 걸까?

"약수 한 잔만 부탁해도 될까요? 당신이 없으니 안 된다고 하더군요."

치아키가 고개를 들었다. 단발로 깎은 생머리가 찰랑, 시선을 끌었다.

"그러죠."

"이 테이블에 어울리는 것으로 부탁해요."

"……."

"어려울까요?"

"문제없습니다."

"우리 치노 선생님은……."

그녀의 시선이 초로의 남자에게 돌아갔다.

"같은 걸로."

무심하게 대꾸한 치노가 의자를 당겨 앉았다. 치아키와 치노. 한국인의 관점에서 보면 이름이 닮았다. 가족일까? 가족이다. 이름 때문이 아니라 분위기 때문이었다. 이름이야 멋대로 지을 수 있지만 유전자는 그럴 수 없는 것이다.

"형."

주방으로 가자 종규가 따라왔다. 종규 손에는 문양 스케치가 들려 있었다. 경복궁에서 본 꽃살 문양이었다.

"차 대접 안 했냐?"

"약선차를 줬는데 형 오면 마신다고……."

"꽃은?"

"자기가 사 왔는데 받을 사람의 타이밍이 안 맞는다나 어쨌다나 하더니 쥐어뜯기 시작했어."

"쥐어뜯은 게 아니야."

민규가 종규의 감정을 정정해 주었다. 시간 때우기가 아니었다. 그녀에게는 공부였다. 무엇을 공부하는지 민규가 모를 뿐.

"약수 나왔습니다."

기다리게 한 죄로 초자연수 세트를 내려주었다. 치노에게도 그랬다.

반천하수+매우수+국화수.

"……!"

물맛을 본 치아키, 무심하게 치노를 바라보았다.

"테이블에 어울리는 물이구나."

치노의 중얼거림이 계속 이어졌다.

"첫 번째는 꽃들이 날아가는 세계의 물, 두 번째는 아련한 매화꽃의 소근거림을 녹여낸 물, 세 번째는… 가을 야산의 정기를 머금은 국화수……."

"……!"

세밀한 품평에 민규가 움찔 흔들렸다. 이 사람… 미각세포에 성분 분석기라도 장착한 걸까? 한 치의 오차도 없는 평에 할 말을 잃는 민규였다.

짝짝!

자신도 모르게 박수가 나왔다. 이렇게 정밀한 미각의 소유자는 처음이었다.

"과연 장미의 테이블에 어울리는 약수로군요."

치아키가 대화로 돌아왔다.

"일부러 찾아온 길, 기다리게까지 했으니 작은 답례를 했을 뿐입니다."

"러시아에서는 당신이 성공했다고 들었어요. 그럴 줄 알았지만……."

"당신의 요리가 도움이 되었습니다."

"황지룽 셰프와도 통화를 했어요. 그 역시 당신을 극찬하더군요. 당신 수준에 도달하려면 100년은 더 배워야 할 것 같다고."

"그건 그 분이 겸손하기 때문에 하신 말입니다."

"아뇨. 당신은 대단해요."

"제가 보기엔 당신이 더 대단합니다. 저는 그저 갈라예프 회장과 요리 궁합이 맞았을 뿐입니다."

"성공 보수는 받았죠?"

"예? 예……."

"그래서 당신이 더 대단하다는 거예요. 거액을 수중에 넣고도 아무렇지도 않게 하던 요리를 계속하다니……."

"돈이 요리 실력을 더해주는 건 아니죠. 지니고 있기도 무거운 액수라 절반은 기부를 했습니다."

"오호, 역시 당신은 내가 가늠할 수 없는 사람이군요."

"과찬입니다."

"하지만 우리 사촌 오빠인 치노는 아직 공감하지를 못하네요."

'사촌 오빠?'

"성분요리와 더불어 정밀요리를 하는 분입니다. 제 요리의 스승이기도 하지요."

'정밀요리라고?'

"셰프의 요리를 직접 경험하고 싶다고 속을 앓으시기에 모시고 왔어요."

"무슨 뜻인지……."

"무슨 뜻이겠나? 당신의 요리 세계를 구경하고 싶은 것이지."

시선을 연못에 둔 채 치노가 영어를 중얼거렸다. 빈정이지만 투박했다. 감정 표시에 익숙하지 않아서 그렇지 속마음은 그리 나빠 보이지 않았다.

"요리는 손님을 위한 것이지 맛의 상하를 다투라고 하는 게 아니라고 생각합니다."

민규가 응수했다.

"당신은 이미 다퉜어. 러시아에서, 뉴욕에서… 그러니 나를 외면하면 이건 상금이 없어서 그러는 거라고 생각할 수밖에."

"원하는 게 뭡니까?"

"당신 말이야……."

치노의 시선이 민규를 겨누었다.

"내가 한 말이 맞아. 치아키가 뜻밖의 성분 때문에 낭패를 봤다지만 무의미한 건 아니었지. 당신은 운이 좋았어. 아니, 전략상의 우위였는지도 모르지. 치아키는 공명심에 첫 테이블을 원했지만 내가 보기엔 나중에 하는 게 유리했어. 정력의 성분이라는 건 차곡차곡 쌓여야 위력을 발휘하게 마련이니. 당신… 출중한 내공이 있었다지만 나쁘게 말하면 치아키와 중국 셰프의 탑 위에 종루를 세운 거나 다름없다고. 뎅뎅뎅, 종소리는 당신이 냈지만 앞선 두 사람의 강력한 정력 성분이 없었다면 장담할 수 없는 일이었지. 내 분석이 틀렸나?"

"……!"

칼날 같은 지적에 민규가 움찔 흔들렸다. 맞는 말은 아니었다. 그러나 완전히 틀린 말도 아니었다. 민규의 체질식은 정확

했지만 치아키식으로 갈라예프를 분해해 본다면 치노의 말이 일부 맞을 수도 있었다.

“그런 거 따지려고 온 거 아니야. 내가 말은 쌀쌀맞지만 속까지 쪼잔하지는 않지. 그런 전략을 생각할 수 있다는 것도 셰프의 능력에 속할 테니까.”

홍분의 강도를 낮춘 치노가 말을 이어갔다.

“그냥 확인하고 싶은 거야. 대체 어떤 인간이기에, 어떤 요리를 만들기에 치아키의 성분요리를 치아키보다 더 디테일하게 들여다볼 수 있을까? 게다가 그런 일은 처음이 아니지? 솔직히 요리하는 입장에서 잘하는 인간들 보면 궁금하잖아? 당신은 안 그래?”

“…….”

민규가 대꾸하지 못했다. 움직일 수 없는 팩트가 나온 것이다. 그리고 또 하나… 처음이 아니라는 말… 큰 의미 없이 흘려들었지만 괜한 말은 아닌 것 같았다.

“조금 전의 말 말입니다. 무슨 뜻이죠?”

“말했잖나? 당신이 솜씨를 다툰 건 러시아가 처음이 아니라고. 뉴욕도 푼돈 출장은 아니었을 텐데?”

치노의 눈이 민규를 겨누었다. 그의 목소리가 다시 까칠해지고 있었다.

“뉴욕?”

뉴욕이라면 OS 푸드 건이었다.

"당신……."

"거기 거래를 텄던 료심의 무라카미가 나에게 요리를 배웠던 친구였네. 요리보다 비즈니스에 재능이 많아 내가 내치긴 했지만."

"……!"

제자?

치노의 목소리가 민규의 청각을 관통하고 지나갔다.

"얼마 전에 고백을 하더군. 요즘 사업이 힘들어 고전 중이라기에 물었더니 뉴욕에서 기막힌 한국 셰프를 만나 고배를 마셨다고. 그때부터 사업이 내리막이라고. 그래서 마음에 담고 있었는데 이번에는 치아키가 한국 셰프에게 고배를 들고 왔다고 해. 혹시나 싶어 확인을 했더니 같은 사람이더군."

"……!"

"영화나 드라마에 나오는 대타 복수전 따위는 아니네. 인연이 기이하기에 대체 얼마나 심오한 셰프인가 궁금해서 왔지. 지금까지 데리고 있었던 제자가 딱 둘인데 둘 다 당신에게 막혔어. 이 또한 우연한 운명은 아닌 것 같아서 말이지."

치노가 눈빛을 세웠다. 투박하던 시선은 그새 강철의 묵직함으로 변해 있었다. 한참 후에 알았지만 그는 세계 최고의 요리 대회 보퀴즈도르에서 조국 일본에 금메달을 안긴 전설이었다.

보퀴즈도르.

개나 소나 나가는 대회가 아니었다. 국가 대항의 성격에 세계 요식 산업의 향방까지 결정하는 명실상부 세계 최고의 대회였기에 입상만 해도 세계 최상급 셰프로 공인되는 대회. 그 대회에 일본 팀을 이끌고 나가 금메달을 차지한 관록.

새우…….

이 어색한 접점에서 새우가 파닥거렸다.

샤킬 피펜의 새우요리를 위해 뉴욕에 갔다가 만났던 료심의 무라카미. 그로 인해 좌절했던 이모부가 보내준 독도새우가 지금 주방에 있었다. 게다가 치아키… 그녀의 좌절도 새우였다. 회심의 승부수로 준비한 새우기름에 섞인 불순물 때문에 블라디보스토크에서 짐을 쌌던 그녀가 아닌가?

이모부에게 먹인 엿의 대가로 빅 엿을 먹여주었던 무라카미.

손도 대지 않고 엿을 먹인 치아키.

그 둘의 스승인 치노의 등장.

무라카미와 치아키가 세트로 왔대도 흔들리지 않았을 민규. 치노의 등장에는 알지 못할 긴장감이 피어올랐다.

이건 또…….

무슨 운명의 장난이란 말인가?

"불가한가?"

"……."

"뭐 거절한다면 그냥 돌아갈 수도 있어. 내가 당신 멱살을 잡고 흔들려고 온 건 아니니까."

"……."

"안 돼?"

"……."

"젠장. 안 되는 모양이군. 가자, 치아키. 내가 아직은 요리복을 벗지 않았는데 남의 영업장을 방해할 수는 없지."

치노가 일어섰다.

"기다려요."

치아키의 손이 아까와 반대로 움직이기 시작했다. 피보나치 수열로 깔아놓은 장미를 걷는 것이다. 그건 곧 치노를 따라 돌아가겠다는 뜻으로 보였다. 치아키의 장미 수거는 역순이었다. 비늘을 떼어내듯 하나하나… 그 손길도 허투루 하지 않았다.

"치노라고 하셨나요?"

장미가 3분의 1쯤 걷혔을 때 민규가 입을 열었다.

"내 이름 맞네, 치노."

"내가 할 수 있는 말은 한마디뿐입니다."

"뭐?"

가방을 챙기는 그의 목소리는 여전히 투박했다.

"이제 곧 예약 손님들이 몰려옵니다. 다 끝나면 저녁 9시가 될지도 모릅니다. 그때 다시 와주신다면 부족한 솜씨나마 보여 드릴 수 있습니다."

"……!"

"그럼……."

민규가 돌아섰다.

"이봐, 이 셰프."

치노의 목소리가 민규를 세웠다.

"방해가 안 된다면 여기서 기다리지."

치노가 가방을 내려놓았다.

"그거 줘봐."

치아키에게 손을 내미는 치노. 그녀에게서 꽃잎을 받아 들더니 빈자리를 메꾸기 시작했다. 그 역시 피보나치수열. 세월의 주름이 쑥쑥 깊어진 손가락이지만 치아키보다도 더 정교하게 움직였다.

"신경 쓰지 말라는데? 방해되기 싫다고."

추가 약수를 들고 나갔던 종규가 물잔을 든 채 돌아왔다.

'그렇다면 존중하는 수밖에.'

예약 테이블이 차기 시작했다. 더는 신경 쓸 시간도 없었다. 오후의 주문은 대개가 정통 궁중요리들. 시간이 걸리는 것들이 많기에 그들의 존재는 잠시 내려놓았다.

다닥다닥!

보글보글!

맛있는 소리와 맛있는 김이 주방에 자욱할 때 종규가 다가왔다.

"형, 개미 박사님."

속삭임을 듣고 전화를 받았다. 민규 핸드폰이 불통이니 가게로 한 모양이었다.

—이 셰프님!

표여중의 목소리는 첫마디부터 들떠 있었다.

—여왕개미를 잡았습니다.

민규의 답이 나가기도 전에 표여중의 외침이 이어졌다.

"박사님……."

—방금 전에 여왕개미가 기어 나왔습니다. 대기하던 우리 직원들이 바로 포획했습니다. 내시경을 넣어보니 흰개미들의 숫자가 확연히 줄었습니다. 개미 제국이 붕괴된 증거입니다.

"……."

—믿기지 않는군요. 이런 쾌거라니… 잠깐만요. 장관님이 통화를 원하십니다.

표여중은 일방통행이었다. 그만큼 감격이 큰 모양이었다.

—이 셰프님.

장관의 목소리 또한 들떠 있기는 마찬가지였다.

"예, 장관님."

—고맙습니다. 덕분에 한시름 덜었어요.

"다행이군요."

—이 셰프님의 역량을 믿었지만 이렇게까지 전격적으로 해주실지 몰랐어요. 표 박사님과 백 국장이 제 등을 떠미는데 다른 곳의 여왕개미요리도 부탁해도 될까요?

"준비하겠습니다."

—비용은 일단 긴급 예산으로 편성된 4억 원을 다 드리겠어요.

'4억?'

—그럼 부탁합니다.

"저기, 장관님."

—적은가요? 그렇다면 추경예산으로 더 편성할 수도 있습니다.

"그게 아니고요 그건 너무 많은 돈입니다."

—그럴 리가요? 예산은 전문가들이 머리를 맞대고 도출한 금액입니다. 문제라면 셰프님의 요리가 너무 좋았을 뿐입니다.

"그렇다면… 그 돈은 궁중요리 대회 상금으로 걸겠습니다."

—안 됩니다. 그렇게 되면 이 셰프님의 수고에 보답할 길이 없어요.

"그럼 일부라도 쓰게 해주십시오. 요리로 거둔 성과이니 요리에 투자하는 게 맞습니다."

—셰프님…….

"본선 진출 100명에 각 장학금 명목으로 100만 원씩 1억 원. 그 정도면 되겠습니까?"

—…….

"장관님."

—셰프님은 정말… 저를 한없이 부끄럽게 만드는군요. 좋아

요. 그렇게 지시하죠. 대신 본선 진출비가 100만 원이라니 입상자 상금을 함께 올려야겠군요. 당장 예산처로 가서 담당과장의 멱살을 잡아야겠어요. 우리 심사 위원장이 1억을 쾌척했는데 국가기관 체면이 있지 상금을 두 배로 올려달라고 말이에요.

"대신 1억의 출처는 밝히지 말아주시기 바랍니다."

—셰프님 그건…….

"새어 나가면 심사 위원장 자리도 고사하겠습니다."

—…….

"장관님……."

—약속하죠.

"고맙습니다."

—그건 제가 할 말이네요. 덕분에 문화재를 구하게 되었습니다. 다시 한번 감사드립니다.

장관과의 통화가 끝났다.

"형!"

종규가 귀를 쫑긋 세웠다. 이미 감을 잡고 있는 것이다. 민규는 말없이 주먹을 쥐어 보였다.

"아싸!"

케미가 통하는 종규, 주먹으로 허공을 후려치며 함께 쾌재를 불렀다.

*   *   *

연(蓮).

새우.

이어질 요리의 주요 식재료였다. 연은 연근부터 연자, 연잎, 연꽃까지 다양하게 준비가 되었다. 새우는 이모부에게서 올라온 독도새우였다. 허달구 회장이 새우 마니아를 자처하는 일본인 투자자를 모시고 오기로 되었다.

연꽃 두 송이를 들어 냄새를 맡았다. 아련한 그리움이 피어올랐다. 연꽃은 부활의 상징이다. 그러나 민규에게는 영감의 상징이기도 했다. 황토 흙물을 뚫고 우뚝 서는 연꽃. 목단이나 장미처럼 화려하지 않지만 꿀리지도 않는다. 그렇기에 약선요리의 분위기와도 잘 어울렸다.

내실은 어떤가? 연은 버릴 게 없었다. 잎은 연잎밥이 되고 씨는 각종 차와 요리의 재료, 꽃 역시 식용부터 장식까지 유용하기 그지없었다.

첫 요리의 주제는 연이었다. 테이블의 주인공은 김순애와 옥화여고 공주들. 지난번에 왔을 때 맛본 연요리에 혼이 빠지더니 이번에는 아예 연을 주제로 요리를 맡겼다.

—궁중연근김밥.

—약선연잎연자죽.

—궁중연근소고기말이.

—궁중연잎만두.

—약선연근표고버섯강회.

—약선연잎마전.

—약선연자육경단.

—궁중연근주악.

—궁중연근보쌈김치.

—약선연근과일샐러드.

—약선연근차.

연근김밥은 맨드라미의 고운 색물을 들여 쪄낸 연근을 통째로 가운데 넣어 말았다. 숭숭 뚫린 구멍에는 소고기와 닭고기, 새우와 전복을 채우고 남은 구멍에는 새콤한 매실과 참외장아찌, 산마늘 장아찌 등을 채웠다. 포인트로 노란 살구정과와 빨간 석류정과까지 채워 자르니 시선 강탈의 자태가 나왔다.

"와우!"

지켜보던 종규가 몸서리를 쳤다.

연근의 구멍은 불균등하다. 큰 것도 있고 작은 것도 있다.

이 김밥의 관건은 구멍 채우기였다. 그래야만 칼로 잘랐을 때 허술한 구멍이 나오지 않았다.

민규가 꽁다리를 입에 물었다.

아삭!

연근 씹히는 소리가 예술이었다. 알맞게 익힌 관계로 밥알들과 따로 놀지 않았다. 소리에 이어지는 건 고기와 새우의 하모니. 거기에 새콤달콤한 장아찌의 맛이 섞이니 청량하기 그지없었다.

맛있다.

혼자 음미하고 접시에 세팅을 했다. 대나무 접시에 작은 연잎을 통째로 깔았다. 그런 다음 연근김밥을 세팅하고 연꽃을 오려 빚어낸 매화를 소복하게 뿌렸다. 김밥 하나만으로도 좌중을 압도할 연요리였다.

찰칵!

종규의 핸드폰 카메라가 불을 뿜었다. 배워야 할 목록에 포함시킨다는 뜻이었다.

초록이 선명한 연잎만두 역시 선계(仙界)의 포스였다. 머리쪽에 참기름을 살짝 바르고 흰깨 장식을 올렸다. 가운데를 비워 동그랗게 썰어낸 잣 한 조각을 올리니 그 또한 참깨꽃이 되었다.

연잎마전이 나오고 연자육경단이 접시에 담겼다. 연근주악에 샐러드까지 완성되니 황후의 테이블 소환 모드가 재현되었다.

"와우!"

"어멈머머!"

테이블이 차려지자 김순애와 일당들이 자지러졌다.

"이게 정말 다 연근으로 만든 거예요?"

호텔을 경영하는 봉명주, 입이 쩌억 벌어졌다. 석경미도 나윤옥도 다르지 않았다. 그녀들은 민규 단골 중의 단골손님들. 그럼에도 면역이 되지 않는 풍경이었다.

"김밥… 예술이네. 내가 벤치마킹 때문에 일본에 많이 다녔어도 이런 건 구경도 못 했어. 유서 깊은 료칸과 호텔, 맛집은 말할 것도 없고……."

봉명주는 맥 풀린 어깨로 고개를 저었다.

"우와, 맛도 기가 막혀. 누가 이걸 김밥 맛이라고 하겠어?"

먼저 맛을 본 나윤옥은 기절 직전까지 치달았다.

"어디……."

봉명주도 뒤를 이었다. 우물거리던 그녀가 숨을 멈췄다.

"맛 죽이지?"

"말 시키지 마, 언니. 지금 진지하게 감상 중이거든."

"그래. 너는 감상이나 해라. 나는 이 셰프님 요리 앞에서는 고상 안 떨기로 했다."

나윤옥은 실리로 기울었다. 젓가락이 바삐 날기 시작했다.

"야, 좀 천천히 먹어. 너 혼자 다 먹을래?"

"그럼 너도 먹어. 누가 말리니?"

나윤옥과 봉명주의 젓가락이 허공에서 대치를 했다.

"아유, 얘들 정말… 수준 떨어져서 같이 못 온다니까. 다음부터는 나 혼자 오든지 해야지."

김순애도 식사를 시작했다.

"셰프님, 나 이거 진심인데요, 이 김밥 레시피요, 저작권 좀 팔면 안 돼요?"

허겁지겁 김밥을 넘긴 봉명주가 민규를 바라보았다.

"저작권은요, 레시피 드릴 테니까 가져다 쓰세요."

민규가 쿨하게 화답했다.

"정말요?"

"그럼요. 좋은 건 서로 공유해야죠."

"야야, 너희들 들었지? 셰프님이 이 김밥 저작권 허락한 거? 나 오늘 기분이다. 요리값 내가 쏜다."

"얼래? 레시피만 있으면 이 맛이 나오냐? 아마추어처럼 왜 이래?"

김순애가 현실을 상기시켰다.

"초 치냐? 호텔은 한 번도 이용 안 해주는 것들이……."

"너네 호텔에 뭐 볼 게 있어야지? 전에 스페셜 디너인가 뭔가에 갔더니 허접한 요리만 잔뜩 나오고… 아예 이 셰프님 한 번 모셔 가서 제대로 이벤트라도 열든가."

"어머, 그거 굿 아이디어다."

김순애의 말에 영감을 받은 봉명주, 눈이 번쩍 뜨였다. 그녀의 시선은 황급히 민규에게 건너갔다.

"셰프님……."

가련 모드로 민규의 처분만 바라는 봉명주.

"필요하시면 한 번은 가드릴게요. 대신 출장비 많이 주셔야 합니다."

민규의 답은 여전히 쿨했다.

"그건 걱정하지 마세요. 이 셰프님이 온다면 초특급 대우로 모실게요. 당장 계약서 쓸까요?"

"……."

"야, 이년아. 이 셰프님이 공수표 날리는 사람이야? UAE 왕자님도 뻑 가게 하셨다는 분인데… 인심 써주면 고맙다고 인사나 하지 돼먹지 못하게 계약서를 들이대?"

김순애가 당장 핀잔을 주었다.

"그, 그렇지? 내가 완전 오버함. 인정!"

봉명주가 황급히 수습에 나섰다.

"그나저나 그 아랍 왕자 말이야, 너무 늙지 않았냐? 나는 왕자라기에 준수한 외모를 생각했더니 우리 못지않게 삭았던데?"

나윤옥이 대화의 방향을 틀었다.

"그러게. 좀 젊으면 내가 대시 한번 해보려고 했더니……."

"얘, 니 몸매로 되겠니? 적어도 나 정도는……."

"놀고 자빠졌네. 야, 이년아. 니 몸매가 몸매냐? 보정속옷 벗으면 아래 똥배가 임신 6개월인 주제에."

"어머, 얘가 정말 셰프님 앞에서 천기누설을……."

나윤옥의 얼굴이 당근처럼 붉어졌다.

하하핫, 호호홋!

옥화여고의 여걸들이 모인 테이블에는 오늘도 즐거운 웃음이 그치지 않았다.

뒤를 이어 허달구와 일본인 거물 두 사람이 도착했다. 그들은 새우 연회를 원했다. 준비를 마친 독도새우의 포스를 공개했다.

"오오!"

일본인들의 입이 쩌억 벌어졌다. 싱싱하기가 갓 건져 올린 것 같았으니 민규가 특급으로 내려보낸 벽해수를 이용해 공수된 덕분이었다.

새우요리에 돌입했다. 독도새우는 언제 만져도 기분이 좋았다. 살은 찰지기가 찰떡 같았고, 담백하기는 감칠맛의 폭탄 같았다.

따로 손볼 것도 없이 회를 앞세웠다. 생와사비를 갈아내고 씨간장을 정화수에 희석해 주었다. 두 번째는 붉나무소금구이와 초밥, 그리고 새우장초밥이었다. 붉나무소금구이는 와인으로 볶아낸 와인소금에 못지않았고 새우장초밥은 시간이 조금 아쉬웠지만 급류수의 도움을 빌어 기본 맛은 맞추었다. 일본인들이 좋아하는 아삭바삭 튀김까지 곁들이니 훌륭한 테이블이 되었다.

"아아……."

"오오……."

두 일본인의 입에서는 차라리 신음이 밀려 나왔다.

"입안에 착착 감기는군요. 한국의 새우가 이렇게 맛있는 줄은 처음 알았습니다."

"나도 그래요. 얼마 전에 호텔에서도 먹었지만 이런 맛은 아니었는데… 특히 장에 재운 이 새우… 맛도 식감도 기가 막히군요. 쌀밥이 아니면서도 궁합의 극치를 보여주고 있습니다."

"고맙습니다."

불편함을 체크하던 민규가 답례를 했다.

"그뿐인가요? 이 구이… 와인소금도 아니고… 그러면서 사나운 짠맛이 아니라 몸을 미각을 품는 짠맛이에요. 한국의 전통 소금인가요?"

일본인의 손이 소금구이를 가리켰다. 그 안에서 나온 독도새우는 때깔부터 달랐다. 붉나무의 약 기운을 머금어 품격을 더하고 있는 것이다.

"한국의 전래 소금입니다. 붉나무라고 나무에서 얻은 목염이지요. 붓기를 가라앉히고 기운을 보해주는 나무이니 건강에 더없이 좋은 소금입니다."

"키햐, 그럼 이 소금 조금만 얻어 갈 수 있겠소? 기념으로 말이오."

“양이 많지 않아 많이는 못 드리고 조금씩 나눠 드리겠습니다.”

“고맙소. 셰프!”

일본인은 좋아 어쩔 줄을 몰랐다. 옆에 있던 허 회장이 찡긋 윙크를 보내왔다. 일이 잘 풀릴 것 같은 모양이었다.

주방으로 돌아와 개운한 후식 준비에 들어갔다. 그러다 문득 고개를 들었다.

“……?”

야외 테이블에 사람이 보이지 않았다.

“밖에 어디 갔냐?”

민규가 종규에게 물었다.

“어, 조금 전까지도 있는 것 같았는데?”

종규도 모르는 모양이었다.

치노!

어디를 간 걸까?

“그럼 살펴 가십시오.”

김순애에 이어 허달구를 보냈다. 그사이 밖에는 어둠이 내려와 있었다. 치노와 치아키의 모습은 그때까지도 보이지 않았다.

“기다리다 지쳐서 그냥 간 거 아니야?”

종규가 말했다.

그럴 리가.

민규가 고개를 저었다. 무라카미와 치아키, 겹친 인연으로 일본에서 날아온 사람. 민규가 거절했으면 모를까 몇 시간이 지겨워 돌아갔을 리는 없었다.

민규 짐작이 맞았다. 잠시 후에 도착한 택시에서 치노와 치아키가 내렸다. 치노의 품에는 커다란 아이스박스가 들려 있었다.

식재료!

들여다보지 않아도 알 것 같았다. 돌아가기는커녕 민규를 겨누고 있었던 치노였다.

"셰프."

치노가 다가왔다. 알지 못할 긴장도 함께 다가왔다.

2. 대결 아닌 대결

“이제 시간이 되시나?”

치노의 목소리는 변해 있었다. 해 질 녘처럼 까칠하지 않았다.

“예.”

민규가 답했다.

“셰프가 최고급 새우를 다루길래 나도 좋은 재료를 좀 구해 왔네.”

치노가 아이스박스를 테이블 의자에 놓았다.

의자 위의 아이스박스.

절묘한 선택이었다. 만약 그가 손님 테이블 위에 아이스박스를 놓았다면 실망했을지도 몰랐다. 테이블은 아무거나 올려 놓는 공간이 아니었다. 거긴 오직 요리만이 올라갈 수 있었다. 만약 의자가 아니라 바닥에 놓았어도 실망은 마찬가지였을 것이다. 셰프는 좋은 식재료를 함부로 다루지 않으니 땅에 방치하는 것도 바람직하지 않았다.

"마츠자카로군요?"

"……!"

민규의 반응에 치노와 치아키의 눈빛이 출렁거렸다. 아이스박스 속에 든 일본 최고의 와규. 그걸 맞춰 버리는 민규였다.

"엄청나군. 투시안까지 갖춘 겐가?"

"투시안이라면 선생님도 마찬가지지요. 제가 쓰는 새우를 어떻게 아셨습니까?"

민규가 존칭을 붙였다. 종규의 검색 때문이었다. 요리 올림픽으로 불리는 보퀴즈도르. 먹방이 차고 넘치지만 아직 그 올림픽의 변방 국가에 불과한 한국. 금메달이 중요한 건 아니지만 함부로 볼 업적은 결코 아니었다.

"그거하고는 다르지. 새우 냄새를 피웠지 않나? 도화새우, 꽃새우, 닭새우……."

치노는 한 치의 오차도 없었다. 독도새우 삼총사를 정확하게 짚어냈다.

"아까도 그렇더니 오감이 어마어마하군요."

"지금까지는 그런 줄 알았네. 하지만 당신을 만나니 내 오감은 아무것도 아닌 걸 알겠네. 그래서 더 기대가 되기도 하지만……."

"아까는 저도 무례했습니다."

민규가 사과를 전했다. 먼저 굽히고 들어가는 것도 여유였다.

"그 또한 내가 할 말이네. 오후 늦은 시간이면 나도 모르게 욱하는 성질이 있어서……."

"어떤 요리를 보여 드릴까요?"

"아까 나오던 요리들이… 연근과 연자, 김밥에… 새우와 새우초밥, 새우소금구이 맞지?"

"……."

"재료는 남았을 것 같아 와규를 좀 구해 왔네. 이 정도면 간단하면서도 서로를 대접하는 데 괜찮을 것 같아서……."

"대접이군요?"

"그게 좋지 않겠나? 요리라는 게 아무래도 날 선 겨루기보다… 여긴 누가 거액을 걸 사람도 없고 메달을 줄 사람도 없고."

"그래도 되겠습니까?"

"물론이지. 요리야 서로가 보면 아는 거니까. 자네와 나……."

"……."

"뭘 할까? 큰 형식 필요 없이 김밥에 새우요리, 소고기요리?

그 정도면 서로의 시장기가 가시기 전에 요리가 나오지 않을까?"

"새우는 초밥을 하셔도 좋습니다."

"그건 안 되지. 초밥이라면 일본 사람인 내가 유리할 테니까."

"제가 먹고 싶습니다."

"정말인가?"

"예."

"그럼 그렇게 하세. 김밥에 새우초밥, 그리고 소고기요리."

"알겠습니다."

대답을 하던 민규의 시선이 멈췄다. 치노 몸 한 부분의 허전함이 눈에 들어온 것이다. 혼탁이 아니라 '허전'이었다. 본능적으로 체질 창이 리딩되었다.

체질 유형—木형.

담간장—(…)

심소장—허약.

비위장—양호.

폐대장—허약.

신방광—허약.

포삼초—양호.

미각 등급—B.

섭취 취향—평식.

소화 능력—B.

‘이 사람…….’

허전함의 근원을 확인한 민규 손이 파르르 떨렸다. 그의 허전함은 간 때문이었다. 그 기운이 읽히지 않았다. 아니, 정확히 말하면 평상적인 스캔이 먹히지 않았다. 그의 간은… 보통이 아니었다.

치노의 간. 딱 정상인의 3분의 1 수준이었다. 그 빈자리에는 낡은 사기(邪氣)가 채워졌다. 그것 말고 폐에서 비롯된 까칠한 기운도 엿보였지만 간이 우선이었다.

‘간암…….’

원인을 알 것 같았다. 치명적인 질환으로 인해 절개를 한 것이다. 그러나 불행히도 그는 원래 간이 좋은 편이 아니었다. 매운맛 때문이었다. 유전자가 그랬다. 아버지와 어머니가 매운맛 마니아. 매운맛 좋아하는 아들이 기특해 자꾸만 먹였다. 그렇잖아도 약한 간에 상극이 쌓여갔다. 매운맛이 오버하면 간과 담을 해친다. 그럭저럭 버티던 간에 암이 생겼다. 다행히 절개로 목숨은 구했다. 그러나 전 같지 않았다. 3분의 1로도 지장이 없다는 간이지만 모든 게 그렇지는 않았다.

그제야 그의 슬픈 짜증이 이해가 되었다. 간의 질환은 시간을 달리한다. 아침에는 조금 덜하다가 해 질 무렵에 심해지고 밤이 오면 안정되는 속성을 가졌다. 아까는 저녁 무렵이었고 지금은 밤. 그의 목소리가 조금 평안해진 이유였다.

딸깍!

리딩을 해석하는 사이에 아이스박스가 열렸다. 안에는 단지 소고기 두 덩어리가 들어 있었다. 그의 가방에서 나온 칼과 합치니 그의 준비물은 달랑 두 개였다. 그 또한 민규 가슴에 울림을 주었다. 김부터 쌀, 양념까지, 필살의 식재료라도 가져온 줄 알았지만 그는 맨몸이었다.

식재료 창고를 열어주었다.

"필요한 걸 고르시지요."

민규가 재료들을 가리켰다.

"그럼 실례 좀 하겠네."

"치아키도 들어와도 좋아요."

문 앞에 멈춘 치아키에게도 입장의 권한을 주었다. 민규의 식재료 창고. 대단할 것도 없었다. 세계 정상의 특급 호텔에 근무해 본 사람이라면 시시할 수도 있었다. 그러나 궁금하지 않을 리가 없었다.

"그럼……."

치아키가 들어왔다. 그녀는 발소리를 내지 않았다. 방해하지 않으려는 것. 역시 천상 일본인이었다. 두 사람의 시선은 한 식재료 칸에서 멈췄다. 야생초 씨앗들이었다.

"이것……."

치노, 맨 끝의 씨앗을 들고 손샅으로 흘리며 중얼거렸다.

"강아지풀 씨앗 아닌가?"

역시 귀신. 강아지풀 씨앗은 깨알만 하다. 그런데도 한눈에 알아맞힌다.

"그렇습니다."

민규가 답했다. 황 할머니의 동생이 새로 보내준 식재료. 대단하지 않기에 눈에 띄는 모양이었다. 치노는 손샅을 털고 돌아섰다. 할 일을 아는 그였다.

쌀과 김, 살구청과 우엉, 마 등의 김밥 속 재료, 채소와 두부, 실곤약에 키위와 파인애플, 배, 고추냉이 등을 골라 들고 나왔다. 군소리는 일절 없었다.

'스키야키……'

소고기요리를 알 것 같았다.

"일본 셰프들은 초밥에 묵은쌀을 쓴다고 들었습니다. 필요하시면 구해 오겠습니다."

민규가 의향을 물었다.

"주어진 조건에서 최선을 다하는 게 셰프가 아닌가? 도구나 재료 탓을 하는 건 요리 입문자 시기로 만족하네."

치노가 선을 그었다.

"셰프의 자리는 어디인가?"

주방 앞에서 그가 물었다. 민규가 답하자 남은 불판 쪽으로 걸어가 자리를 잡았다. 그 또한 예의의 표현이었다. 주방 매너까지 깍듯한 사람. 민규 마음속의 경계는 다 풀려 나가고 없었다.

—김밥.

—새우초밥.

—소고기구이.

김밥은 기본이다. 어떻게 보면 간단하지만 한편으로는 집약적인 요리다. 밥과 속 재료. 따로 떼어 비비면 비빔밥이 되고 접시에 차려내면 백반이 된다.

초밥도 일식에서는 기본에 속한다. 군신좌사로 보자면 생선이 '군'이지만 그 또한 밥이 주인공이었다. 밥을 먹자고 초밥이지 생선을 먹자고 초밥이 아니었다.

그러나 기본은 어렵다. 누구나 최고를 지향하기 때문. 그 최고의 바탕은 기본이다. 일본 최고 높이의 고층 빌딩은 오사카 아베노 하루카스. 그 빌딩도 기본이 없으면 무너지는 것이다. 한 번 더 치노가 마음에 들었다. 지금껏 민규를 시험하려는 사람은 최고를 원했다. 치노는 달랐다. 그는 기본으로써 민규를 가늠하려는 것이다.

'기꺼이!'

즐거운 마음으로 위치를 잡았다. 평소의 그 자리였다. 치노도 자리를 잡았다. 관중은 세 명이었다. 일본에서 온 보퀴즈도르 금메달의 셰프, 치노. 그 '견학'을 놓칠 리 없는 재희와 종규, 그리고 치아키. 간단히 말해 치노의 제자와 민규의 제자들이었다.

밥솥을 고른 치노가 출발했다. 초밥과 김밥의 시작, 역시 밥이었다. 그의 솥은 둘. 쌀도 두 가지. 쌀은 깨물어 맛을 봄으로써 준비를 마쳤다.

김밥의 밥과 초밥의 밥을 따로 안쳤다. 일본의 김밥은 한국과 달리 초밥을 주로 쓴다. 그렇다면 밥은 한 솥에 해도 되었다. 그럼에도 따로 하는 건 함께 어우러질 식재료들 때문이었다. 작은 차이까지도 고려하는 치노였다.

밥물에 치노의 손이 들어갔다. 특이하게도 한 방향으로 쌀알을 쓰다듬는다. 맛있게 되라고 격려라도 보태는 걸까?

"간장은 세 가지가 있습니다. 골라 쓰시면 됩니다."

씨간장까지 함께 내주었다. 혼자 좋은 걸 써서 텃세를 누릴 생각은 없었다. 그의 선택은 당연히 씨간장이었다. 냄새만 맡고도 놀라운 표정을 지었다. 그가 조미료의 줄을 맞춰놓았다. 설탕-소금-후추-식초-간장-된장의 순이었다. 그 또한 일본요리의 기본이었다. 대가의 반열에서도 앞줄에 선 그지만 시답잖은 건방은 떨지 않았다. 일본요리에 있어 양념은 위의 순서로 들어가는 게 원칙이다. 만약 뒤집어서 넣으면 어떻게 될까?

얼핏 보면 아무것도 아닌 것 같지만 치노의 기본에는 '분자량'이라는 계산이 녹아 있다. 설탕의 분자가 크기에 가장 먼저 넣는다. 이 순서를 지키지 않을 수도 있지만 제 맛이 줄어든다. 선발대로 들어간 설탕은 단맛의 흡수는 물론, 녹아 걸쭉해지면서 식재료의 모양을 잡아준다. 만약 채소요리에서 순서를 어긴다면 채소 모양이 망가지는 걸 각오하는 게 좋았다.

밥이 되는 동안 그가 초밥 초를 만들었다. 설탕을 맛보고 식초를 맛본다. 소금조차도 그는 맛을 본 다음에야 배합 비율을 결정했다. 하지만 다른 재료와 달리 식초에서는 살짝 버벅거리는 게 보였다. 민규가 준 건 쌀식초였다.

사삭사삭!

사각사각!

두 칼이 새우와 소고기를 썰어냈다. 두 칼질은 미묘하게 달랐다. 치노의 그것은 노련하지만 민규의 칼질은 유려했다. 우열을 가리기 힘들었다.

치노의 새우는 컴퓨터로 재단하듯 일정하게 나왔다. 군살조차 허용되지 않았고 크기도 같았다. 새우는 생물, 그의 칼질이 신기에 가깝다는 반증이었다.

소고기의 살점도 그랬다. 큐빅형으로 썰어낸 와규는 마치 규격품처럼 보였으니 민규라고 해도 쉽지 않을 비주얼이 나오고 있었다. 그러나 민규의 소고기는…….

'오빠.'

재희가 슬쩍 종규 팔뚝을 건드렸다. 민규 때문이었다. 민규의 새우는 독도새우가 아니었다. 그냥 흔한 흰다리새우였다.

치노에게는 말하지 않았지만 독도새우는 넉넉지 않았다. 치노가 쓸 20여 마리를 주고 나니 남은 건 두어 마리. 하지만 애당초 반으로 나누지 않은 건 민규의 의도 때문이었다.

하지만 그것 때문만은 아니었다. 소고기도 그랬다. 민규가 다듬는 건 치노가 가져온 지상 최강 마츠자카 와규가 아니라 한우였다. 그것도 2등급짜리였다.

'나도 알아.'

종규가 속삭였다. 형은 또 무슨 꿍꿍이를 가진 걸까? 매번 가슴을 졸이게 하더니 이번에도 예외는 아닌 모양이었다.

치노의 스키야키는 관서 스타일이었다. 스키야키에는 두 개의 줄기가 있다. 하나는 관동, 또 하나는 관서 스타일. 관동 쪽은 우리의 전골처럼 재료를 함께 넣고 끓이지만 관서는 냄비를 달구어 고기를 먼저 익힌 후에 양념장을 넣고 졸인다. 채소와 버섯, 두부 등은 그 뒤에 들어가는 차이가 있다.

고기를 살짝 구우면 맛이 깊어진다. 관서 스타일의 핵심이었다.

스키야키의 마무리는 달걀이었다. 이건 두 스타일의 차이가 없다. 날달걀을 풀어 스키야키의 재료를 찍어 먹는 것.

그런데…….

거기서 치노가 토치를 꺼내 들었다. 토치로 노른자에 섬세한 불길을 주었다.

'코팅…….'

민규는 알았다. 노른자 표면 코팅이었다. 표면만 살짝 익힌 노른자가 양념장에 입수되었다. 노른자에 양념장의 맛을 입히는 것이다. 이유는? 당연히 노른자의 고소함과 맛이 확 깊어진다.

자글자글!

스키야키 냄비에 불을 당기고는 김밥과 초밥에 돌입하는 치노. 모든 요리는 거의 동시에 마감이 되었다.

—김밥.

—새우초밥.

—스키야키.

완성!

치노가 긴장을 풀었다.

'셰프님은?'

치노를 확인한 재희의 시선이 민규에게 건너갔다. 민규의 요리는 차례가 달랐다. 김밥을 말고 있다.

"……?"

김에 올리는 밥에서 재희 시선이 출렁거렸다. 윤기가 자르르 흐르는 밥. 그러나 그 하얀 순백의 포근함 속에는 다른 흰 것이 섞여 있었다.

뒤를 이어 설야멱을 구워냈다.

치이치이!

정성으로 손질한 설야멱은 얼음 가루와 숯불 위를 번갈아 갈 때마다 고소한 냄새를 풍겨냈다. 그때까지도 새우초밥은 아직 보이지 않았다.

민규는 질그릇을 보고 있었다. 거기 보이는 건 달여낸 씨간장이었다. 설탕과 붉나무소금의 황금비를 맞췄기에 은은한 향이 깊고 또 깊었다. 그 옆의 나무통에는 초밥이 나와 있었다.

초밥…….

민규의 초밥을 보던 치노의 눈빛이 소리 없이 흔들렸다. 놀랍게도 보리쌀이었다.

'보리?'

치노의 머리가 쿵 하고 울리는 소리를 냈다. 보리로는 초밥을 만들 수 없다. 찰기가 없기 때문이다. 그 자신이 시도해 본 적도 있었지만 찰기 때문에 포기했던 보리쌀. 그 보리에 윤기가 엿보였다. 쌀에 못지않은 윤기였다.

'말도 안 되는…….'

미간이 구겨질 때 민규 손이 움직였다. 간장 물에서 뭔가를 건져내는 민규. 새우 살이었다.

'새우장?'

치노의 눈빛이 한 번 더 물결을 쳤다. 민규 초밥의 새우는 회가 아니고 장이었다. 게다가 그 새우는… 자신에게 건네준 맛 넝어리 녹노새우와는 비교조차 할 수 없는 허접한 흰다리새우……?

민규는 태연히 초밥을 쥐어냈다. 보리쌀의 감촉이 좋았다. 쌀로 지은 밥에 못지않았다.

초밥에 보리?

흔하지 않은 시도였다. 보리는 초밥과 어울리지도 않았다. 찰기의 문제는 세 가지로 해결을 했다. 첫째는 불이었다. 낮은 화력의 숯불로 밥을 안쳤다. 처음부터 끝까지 뜸을 들이는 방식으로 나간 것. 두 번째는 쌀의 정기 투하. 쌀의 죽물을 받아 더했으니 쌀의 윤기까지도 덧입힐 수 있었다. 마지막은 역시 초자연수였다. 정화수와 천리수를 넣어 보리의 정기를 오롯하게 우려낸 것.

'대체…….'

뭘 하려는 거냐?

설마 자포자기?

민규 속내를 알 리 없는 치노의 눈빛이었다. 하지만 그 역시 요리의 대가. 끝까지 자신의 요리에 소홀하지 않았으니 테이블로 요리를 옮기기 시작했다.

민규의 요리도 뒤를 이었다.

개봉은 치노가 먼저였다. 요리의 뚜껑을 열었다. 김밥이 나왔다.

"……!"

그걸 본 재희와 종규의 눈빛이 격렬하게 요동을 쳤다.

치노의 김밥.

그 가운데 우뚝 세운 장식은 당근을 깎아 만든 후지산이었다. 봉우리에는 우유반죽을 굳혀 만년설까지 표현했다. 김밥은 그 산을 따라 절반의 면적에 둘러 장식을 했다. 밥이 아니라 예술이자 정교한 직립 건축물이었다. 재희는 벌집을 떠올렸다. 그냥 구멍 같지만 들여다보면 엄격한 규칙을 이루며 연결되는 벌집. 치노의 김밥이 그랬으니 그의 쌀은 모두 직립이었다. 상상해 본 적이 있는가? 김밥의 김이 모두 직립해 있는 것?

밥알만 충격인 건 아니었다. 잘라놓은 김밥은 하나마다 새우의 붉은 등이 보였다. 김밥의 두께는 1㎜의 오차도 없는데도 또렷하게 보이는 붉은 등. 그건 새우 하나하나를 김밥 두께에 맞춰 속으로 넣었다는 반증이었다.

새우는 노랑과 분홍의 채소를 두르고 얇게 저민 와규구이에 말려 밥 위에 올려졌다. 그 중간에서 연둣빛 포인트를 만든 건 고추냉이의 잎사귀였다. 한 줄은 누드김밥으로 또 한 줄은 오리지널로 말아낸 치노의 작품. 들여다볼수록 마력이 우러나는 충격이었다.

다음은 초밥이었다. 뚜껑을 열자 벚꽃 향이 밀려 나왔다. 초밥은 연꽃잎으로 만든 벚꽃 물결을 두르고 있었다. 후지산과 벚꽃. 어느새 일본의 상징을 접시에 더한 치노였다.

규격을 맞춘 듯 일정한 새우 회의 크기는 화제도 되지 않았다. 실파와 절인 생강채를 올린 배색도 다음 문제였다. 이 초밥의 환상 역시 밥알의 배열에 있었다. 호기심을 이기지 못한 재희가 새우 살을 집었다. 옆의 종규도 그랬다. 둘은 거의 동시였다.

"……?"

잠시 시선이 마주친 두 사람, 호기심을 향해 직진해 버렸다.

"……!"

둘의 시선이 밥알에서 브레이크를 밟았다. 그 밥은 무늬가 있었다. 선명한 빗살무늬였다. 파인애플의 껍질처럼 빗살무늬가 나도록 밥을 쥐어놓은 것이다.

'이게…….'

'가능해?'

재희와 종규의 시선이 허공에서 마주쳤다. 하지만 둘은 또 한 번 소스라쳐야 했다. 이번에는 빗살무늬의 규칙이었다. 밥알은 놀랍게도 좌우에서 시작된 피보나치수열이 중앙에서 만나는 형국이었다.

'우!'

둘은 신음을 삼키며 동작을 멈췄다.

이제는 민규 차례였다. 민규는 치노의 역순이었다. 설야멱 뚜껑을 열고 새우장초밥을, 그리고 김밥을 공개했다.

"어?"

종규가 짧은 신음을 냈다. 민규의 김밥에도 유려한 장식이 있었다.

'신라의 천년 미소 수막새…….'

종규는 김밥을 기대놓은 문양을 알았다. 자두장아찌를 갈아 그려낸 수막새였다. 신라 천년의 신비를 간직한 수막새는 치노의 후지산 못지않았다. 게다가 밥알에 섞여 엿보이는 재료…….

그사이에 민규가 초밥의 뚜껑을 열었다. 놀라움은 계속 이어졌다. 거기 S자로 수놓아진 초록 국화 꽃잎 비늘 길 때문이 아니었다. 초록 국화 꽃잎을 따라 엇갈리며 세팅된 새우장초밥. 그 위에 핀 노란 국화 꽃잎 때문이었다. 소국의 꽃잎을 하나하나 새우장 위에 수놓았다. 그 역시 정교한 피보나치수열이었으니 치노에게 거는 맞짱과 다르지 않았다.

김밥은 김순애의 테이블에 놓았던 것과 대동소이했다. 연근을 안에 넣고 속 재료만을 일부 바꾼 것. 다만 설야멱은 평소의 그것과 몇 가지가 달랐다. 고기와 얼음 가루가 그랬다. 평소에는 납설수를 얼렸다가 갈아 썼지만 오늘은 소의 위장을 끓여놓은 육수를 얼려서 사용했다.

소고기를 굽고.

치익,

소의 위장을 고아낸 육수 물 얼음 가루로 식혀내고 다시 불판 위로.

치이익.

구수한 위장 육수가 배어 나오니 맛의 깊이는 진미에 도달하고 있었다.

"식사 전에 이것부터 드시지요."

민규가 내민 건 지장수였다. 양이 많았다.

"물은……."

"물이 아니라 전채입니다. 남기지 마시고 다 마셔주세요."

민규가 당부했다. 치노는 지장수 잔을 받아 들었다. 반쯤 마시고 민규를 보자 마저 마시라는 눈짓을 주었다. 치노는 결국 잔을 비워냈다.

"됐나?"

"예."

민규가 요리를 밀어주었다. 입을 닦은 치노의 손이 꽃초밥으로 움직였다. 젓가락을 높이 들고 초밥을 바라본다. 틀림없는 보리쌀이었다. 간장을 살짝 찍어 입으로 넣었다.

우물.

"……!"

딱 한 번 혀를 놀린 치노의 표정이 정지되어 버렸다.

'이것……'

치노가 생각하는 와중에도 활화산이 폭발하고 있었다. 역시 보리쌀이었다. 기가 막힌 식감이었다. 부드럽기는 아기의 피부 같고 담백하기는 그 어떤 맛에도 지지 않았다. 더 놀라운 건 이 보리쌀, 입에 들어가기 무섭게 부드럽게 산개한 것이다. 밥 안에 공기 확산 장치라도 든 것만 같았다.

치노의 충격도 시작일 뿐이었다. 보리쌀에 이어지는 새우장의 아찔한 폭격. 그 찰진 맛과 고소함의 극치는 옥침의 홍수로도 감당이 되지 않았다. 쌀보다 표면이 큰 보리에 스며든 초밥 초의 맛도 깔끔의 극치였다. 소금과 설탕, 간장의 화음은 상큼한 숲을 이루었다. 게다가 그 숲에는 또 다른 매력이 있었다. 그 자신은 레몬을 썼지만 레몬이 아닌 것. 정체는 모과와 유자였다.

마무리는 아무래도 국화잎이었다. 날것으로 씹히는 국화향은 열릴 듯 가까운 천국의 문을 열어주었다. 초밥 하나로 맛볼 수 있는 미식의 경지가 거기 있었다.

'……'

치노의 어깨가 무섭게 떨렸다. 민규는 초밥 전문 요리사가 아니었다. 그의 핵심은 약선요리와 궁중요리. 그럼에도 이처럼 완벽하게 초밥을 소화해 내다니…….

그런데…….

"……?"

두 개를 집어 먹고 남은 꽃초밥을 바라보던 치노에게 또 하나의 경악이 찾아왔다. 시각이었다. 어쩐지 꽃초밥이 선명하게 보였다.

'내가 정신이 어떻게 된 건가?'

그의 시선이 김밥으로 옮겨 갔다. 연근김밥의 속 재료들이 보였다. 그중 하나는 메밀나물이었다. 그는 메밀을 알았다. 메밀 소바를 이용한 요리도 많이 했던 치노. 냄새로 알았지만 선명하게 보이는 건 흔한 일이 아니었다.

맛을 보았다.

"……?"

식감이 입을 정지시켰다. 밥 안에 다른 게 있었다. 콜리플라워였다. 밥알 크기로 갈아내 눈에 띄지 않았던 것. 입에 넣으니 아삭한 식감이 청각을 흔들었다. 그 청각을 따라 몸이 반응을 했다. 묵직하기만 하던 몸이 가뜬해졌다. 젖은 몸의 물기가, 몸에 서린 짙은 안개가 걷히는 기분이었다.

그 손이 치아키 앞의 꽃초밥을 하나 집었다. 영문을 모르는 치아키는 바라만 볼 뿐이었다. 그 초밥은 달랐다. 간단한 차이는 신맛과 단맛이었다. 치아키의 것은 단맛이 도드라졌고 치노의 것은 신맛이 강조되어 있었다.

그렇다면…….

'그렇다면?'

치노의 눈빛이 벼락처럼 튕겨 올랐다.

"소고기도 마저 드시지요. 말씀은 그다음에 하셔도 됩니다."

민규의 손은 설야멱 접시에 있었다. 고기에 뿌려진, 시리도록 뽀얀 가루가 보였다.

'연밥?'

치노는 고명처럼 묻혀낸 가루의 정체를 알았다. 딱 한 입 크기의 설야멱. 치노의 입으로 들어갔다.

"푸하!"

바로 입김이 터졌다. 소고기의 풍미는 제어 불가였다. 소고기 자체의 맛 위에 올린 위장의 육수 때문이었다. 육수 얼음 가루에 식히는 사이 배어든 맛이 육질의 풍미를 서너 배 올려놓은 것. 하지만 정작 놀라운 건 소고기 자체였다. 그건… 치노 자신이 사 온 와규가 아니었다.

"……."

최고급 와규의 존재감을 살며시 밟아주는 한우. 한마디로 유구무언이었다.

"……?"

치노가 치아키를 바라보았다. 눈빛은 격렬하게 떨리고 있었다.

"쳇!"

치아키가 젓가락을 놓았다.

"바로 내 눈빛이네요. 갈라예프 회장 앞에서 충격 먹은……."

치아키가 중얼거렸다.

"셰프."

치노의 입은 겨우 열렸다.

"몸은 어떠십니까?"

민규가 물었다.

"몸보다… 설명이 필요하네."

"설명입니까?"

"하긴 내 몸의 반응 자체가 설명이긴 하네만."

"선생님은 간 절제를 하셨죠?"

"……."

치노, 눈빛이 출렁거렸지만 그뿐이었다. 이미 짐작하던 일이었다. 치노의 몸에 일어난 반응. 치노의 상태를 알지 못하고서야 어찌 이럴 수가 있을까?

"그리고… 언젠가 살구씨를 드신 적이 있지요?"

"……!"

살구씨. 그 말이 또 한 번의 쓰나미가 되었다. 간 절제는 큰 병이었다. 약선요리의 대가라면 기를 보고 알 수도 있겠다 싶었다. 그러나 살구씨는… 그것까지도 가능하단 말인가? 민규를 겨눈 치노의 눈빛은 이제 지향을 잃고 있었다.

"몇 해 전에 Kampo medicine이라고 일본 한의학을 배운 의사를 만난 적이 있었어. 내 요리의 단골이기도 한데 내 기침이 잘 떨어지지 않자 그가 살구씨 요법을 권했네. 피부 미용에도 좋으니 가루를 내어 바르기도 하라고……."

치노 폐의 까칠함의 기원이 나왔다.

"어땠습니까?"

"처음에는 그저 그랬는데 꾸준히 먹고 바르니 고질 기침이 나았네."

"하지만 다른 현상이 나왔을 겁니다."

"무력감?"

"예."

"간암 주치의는 간암으로 인한 기력 하락이라고 했네만."

"둘 다입니다. 어쩌면 간암이라는 큰 명제에 묻혀간 거 같습니다."

"……?"

"아마도 복용법을 어겼거나 먹지 말아야 할 식품 등과 함께 먹었을 수 있습니다. 덕분에 중독이 되어 몸을 무기력하게 만들었죠. 살구씨는 개고기와 상극인데 지장수나 참기름을 먹으면 해독이 됩니다. 지금은 깨끗하게 씻겨 나갔습니다."

"지장수와 참기름?"

"지장수는 제가 만들어 드렸고 참기름은 소고기에 묻혀서 구웠습니다."

"소고기는… 내가 가져온 와규가 아니었지?"

"맞습니다."

"내가 보기엔 와규에 비할 바 없는 허접한 등급 같던데……."

어떻게 와규 이상의 맛이 나올 수 있나?

치노의 눈에 말줄임표의 의미가 담겨 있었다.

"와규는 좋은 식재료지만 좋은 소고기로 보기는 힘드니까요."

"좋은 소고기가 아니다?"

"선생님도 잘 아실 겁니다. 와규는 더 좋은 퀄리티를 만들기 위해 육종개량에 개량을 더하는 바람에 부드럽고 고소함의 극치를 이루게 되었습니다. 그러나 역설적으로 소고기 본연의 맛은 사라져 버렸지요. 그저 부드럽고 고소함… 한마디로 말해 고기로는 심심한 재료랄까요?"

빠악!

치노는 머릿속으로 돌직구가 강타하는 기분을 느꼈다. 누구도 생각지 못한 견해. 그러나 부정할 수 없는 분석이었다. 소고기, 본연의 맛을 잃어가는 걸 그도 모르지 않았다.

"저는 최상급의 마블링이 있는 소고기를 좋아하지 않습니다. 그건 소고기가 아니라 고소한 덩어리로 보입니다. 그래서 육질이 좋은 중급 소고기로 본연의 맛을 살렸습니다."

'맙소사.'

치노, 척추 뼈마디에 얼음이 들어오는 기분을 느꼈다. 세계 최고의 마츠자카 와규를 감히 맛없다고 평가하는 이 셰프. 그건 치노의 일생에 있어 처음이었다. 그럼에도 뭐라고 대꾸할 수가 없었다. 그만큼 민규의 설야멱적은 소고기 본래의 풍미에 압도적이었다. 소고기를 왜 먹는가? 소고기 맛을 보려고 먹는다. 그 명제를 어떻게 뒤집는단 말인가?

"처음 선생님을 뵈었을 때는 불쾌했습니다. 초면에 다그치는 듯한 짜증이 표출되었으니까요. 하지만 선생님의 상태를 알고 나서 이해하게 되었습니다. 간 질환은 아침에 덜했다가 해 질 무렵 심해지고 밤이 되면 안정이 되는 속성이 있는데 아까 돌아왔을 때는 과연 까칠함과 짜증이 무뎌져 있었습니다."

"……."

"오늘 요리에 쓴 소고기와 연근, 국화, 콜리플라워, 신맛의 강화는 모두 간의 허기를 채우는 약선이었습니다. 연근과 국화는 간경에 들어가죠. 설야멱적에 묻혀낸 가시연밥은 음력 8월에 따서 쪄서 말린 것으로 정기를 보중하고 귀와 눈을 밝게 합니다. 의지도 강하게 하지요. 나아가 국화 역시 간 기운을 북돋고 눈의 총기를 더해줍니다. 이를 양간명목(養肝明目)이라 하는데 국화를 먹으면 장수까지 가능합니다. 본초강목에는 만병에 도움이 된다는 기록도 있습니다."

"……."

"소고기 또한 간을 돕고 기를 채워주는 식재료로 썼습니다. 소 위장을 고아낸 육수를 더했으니 허한 몸에 기운을 더해줍니다. 김밥의 밥에 섞은 콜리플라워는 설명하지 않아도 되겠죠? 마지막으로 선생님의 요리에는 모과와 유자로써 신맛을 살려주었는데 그 또한 간의 기 극대화를 위한 구성이었습니다. 간은 木이라 신맛이 필요한데 선생님 몸의 신맛은, 절제로 작아진 간을 활성화시킬 만큼 남아 있지 않았습니다. 앞으로는 신맛을 많이 즐기시기 바랍니다."

"그렇다면 메밀도… 메밀도 약선으로 들어간 건가?"

"맞습니다. 메밀나물도 눈과 귀를 밝게 하지요. 선생님, 빛나는 후각에 비해 시각은 많이 흐려져 있으니까요."

"새우는? 새우도 흰다리새우에 어떤 작용이 있는 건가?"

"아닙니다. 새우는 재료가 모자라 흰다리새우를 썼습니다. 흰다리새우살 그대로 초밥을 쥐어서는 독도새우를 당할 수 없기에 새우장으로 만든 겁니다."

"맙소사, 그 짧은 시간에 새우장? 적어도 6시간 정도는 재워야 하는데 자네 것은……?"

"약수를 써서 재우는 시간을 줄였습니다. 손님들의 즐거움을 위해 기도도 함께 투하했죠."

손님을 위한 기도.

치노 가슴에 울림을 주었다.

"보리쌀은……."

"보리가 입맛에 거슬렸습니까?"

"아니, 그 반대였네. 환상이었어."

"초밥에 보리쌀… 어떻게 보면 선생님이 불쾌하실 수도 있다고 생각했습니다. 초밥의 자부심이 강한 일본 셰프 앞에서 파격이라니… 하지만 보리쌀이 필요했습니다. 그 또한 木형에 맞춤한 식재료거든요. 그래서 밥의 느낌을 살려보았습니다."

"보리쌀조차 나를 위한 시도였다?"

"예."

"왜 그랬나? 방금 전, 분명 내 첫인상에 불쾌감을 느꼈다고 했는데?"

"같은 셰프니까요."

"같은 셰프?"

"예. 같은 셰프. 다른 건 몰라도 셰프들끼리는, 요리라는 세계를 통해 영혼의 교감도 가능한 것 아닙니까? 저는 그렇게 살고 싶습니다만."

"……!"

"또 하나는 선생님에 대한 위로였습니다."

"위로?"

치노의 눈빛이 한 번 더 흔들렸다.

"선생님의 후각… 아름다운 충격이었습니다. 시각만 좋아진다면 여전히 세계 최고의 요리를 하실 수 있겠지요. 그 솜씨에 때가 끼는 걸 용서할 수 없었습니다. 그대로 두면 선생님은 반쪽짜리 요리사가 될 테니 그건 너무 아까운 일이지요."

"셰프……."

"이제 잠시만 기다려 주시겠습니까? 저도 선생님 요리를 먹고 싶으니……."

민규가 수저를 들었다.

치노의 직립김밥. 모양만 기특한 게 아니었다. 입안에서 부드럽게 흩어지며 감칠맛을 냈다. 치노의 밥 솜씨도 만만치 않았다.

초밥 역시 기가 막혔다. 밥알은 새우 살과 함께 놀았다. 그냥 먹어도 맛난 독도새우였지만 초밥이 그 맛을 더 살려주었다. 사이좋게 어우러지는 뒷맛에 적당한 고추냉이. 레몬 향 또

한 은은하기 그지없어 최상의 조화를 맞추고 있었다.

남은 건 스키야키.

국물 맛이 깊었다. 고기를 먼저 볶은 탓이었다. 채소들 또한 고기 맛에 잘 어울렸다. 여기서 압권은 소스 대용으로 낸 날계란이었다. 겉을 살짝 익혀 양념간장에 재웠다 내놓은 노른자는 입안에 고소함의 폭죽을 터뜨려 주었다. 와규의 고소함에 채소의 푸근함, 거기 다시 노른자의 고소함이 입혀지니 젓가락을 쉴 새가 없었다.

감동!

한마디로 줄이면 그랬다.

"배 속에 천국의 요리가 들어간 기분입니다. 최고의 스키야키를 먹었네요."

민규가 소감을 밝혔다.

"허헛, 셰프의 약선 앞에서야……."

"아닙니다. 제가 만약 약선을 쓰지 않고 그냥 요리를 내놓았다면 선생님 발끝에도 미치지 못했을 겁니다."

"위로하실 필요 없네. 자네 요리는 약선이 아니었어도 나를 넘었을 걸세. 나는 장식조차 대놓고 일본을 강조했지만 자네는 티 나지 않는 한국식으로 받아쳤더군. 무엇보다 보리초밥과 일반 소고기로 와규 맛을 능가. 그 두 가지만으로도 충분한 증명이었네."

"칭찬의 보답으로 후식은 제가 내겠습니다."

"그건 내게 맡기면 안 되겠나? 아니면 우리 치아키라도……."

"죄송하지만 선생님의 약선이 아직 끝나지 않았습니다. 이번 후식까지 마쳐야 간과 폐의 활성이 100%에 가까워지니 기왕 시작한 거 끝을 보시기 바랍니다."

민규가 돌아섰다. 치노는 민규에게 걸린 시선을 거두지 못했다. 그 시선 속에서 민규의 뒤태가 주방으로 멀어졌다. 눈 속에 낀 때는 천 겹의 밀푀유가 녹아나가듯 점점 씻기고 있었다.

—약선모과그라니타.

—홍시스무디.

—약선국화차.

—약선산수유양갱.

네 가지 후식이 나왔다. 모과와 산수유는 치노를 위한 구성, 달콤한 홍시스무디는 치아키를 위한 선택이었다.

"악, 이건 딱 내 취향이에요."

치아키가 아이처럼 소리쳤다.

"치아키, 체통을 지키자."

치노가 웃었다. 미소도 아까보다 자연스러워졌다. 간의 활력 때문이었다. 심장이 건강하면 웃음도 건강하다. 간이 활력을 찾으니 목생화(木生火), 즉 심장도 함께 좋은 영향을 받은 것.

테이블 분위기는 이제 화평해져 있었다. 요리가 만들어준 힘이었다.

"이것 참……."

모과그라니타에 이어 국화차를 마신 치노가 머쓱한 표정을 지었다. 약선요리. 직접 느끼고도 실감 나지 않았다. 밥만 한 약이 없다지만 핀셋처럼 저격해 내는 약선이라니…….

"내가 이럴 줄 알았어요."

홍시스무디를 떠먹던 치아키가 중얼거렸다.

"예견했다는 투로구나?"

치노가 답했다.

"말했잖아요? 성분과 식재료에 대한 감각과 해석이 신에 버금간다고. 내가 블라디보스토크에서 괜히 가방 싼 줄 아세요?"

"그래도 눈으로 봐야 인정하는 게 인간이지."

"이제 속 시원하세요?"

"그래. 덕분에 요리에도 새 눈을 뜨고 컨디션도 좋아지지 않았냐?"

"그런 말은 처음 듣네요. 남의 요리에서 배운다… 그건 오빠 스타일이 아니잖아요?"

"어제까지는 그랬지. 오늘은 아니다."

"이 셰프의 김밥과 초밥, 설야멱에 빽 갔군요?"

"그래. 김밥과 초밥… 한국과 일본요리의 기본이랄 수도 있겠지. 약선도 약선이지만 이 셰프의 김밥 구성은 나무랄 데가 없었다."

치노가 민규를 돌아보았다. 애정이 깃든 표정이었다.

"그렇게 말씀해 주시니 머쓱하네요. 괜한 소란 떠는 것 같아서 남은 재료 말면서 메밀나물 하나 첨가한 것뿐입니다. 연근이 선생님과 잘 맞기도 했고 아무나 먹어도 좋은 재료라서……."

민규가 얼굴을 붉혔다.

"기왕 말이 나왔으니 말인데 셰프는 김밥의 종주국이 어디라고 생각하시나? 입으로 먹고사는 음식 평론갑네 하는 인간들 말고 내력 있는 사람의 견해를 듣고 싶은데."

김밥!

이 또한 한국과 일본에게는 뜨거운 감자에 속하는 일이었다. 한국은 우리가 종주국이라고 하고 일본은 그들이 종주국이라고 한다. 어느 쪽이 옳을까?

"선생님 견해 먼저 듣겠습니다."

민규가 선공을 양보했다.

"나야 일본 사람이니 일본 측 주장에 익숙하다네. 일본에는 두 가지 주장이 있는데 하나는 노름판에서 시간에 쫓기는 도박꾼들이 김에 밥을 넣고 대충 말아 먹다가 유래했다는 설이 있네. 손에 밥이 묻지 않으니 도박을 하면서 먹기에 알맞았겠지."

“……”

“또 하나는 참치의 붉은 살코기에 고추냉이를 넣어 싼 김밥을 데카마끼라고 하는데 거기에 비유해 만들어진 이름이라는 설이 있네. 어느 쪽이든 일본이 먼저 대중화되었고 한국은 근대 이후에 많이 먹기 시작했으니 그 시기쯤에 일본에서 건너간 것으로 생각하고 있네만.”

“일본의 기록은 언제부터 나오고 있습니까?”

“1800년대라고 알고 있네.”

“한국의 김에 대한 기록은 언제 나오는지도 아십니까?”

“글쎄… 한국 것까지는……”

“한국은 삼국시대, 즉 신라 때부터 김을 식용했습니다. 삼국유사에 기록이 있고 조선 초기의 문헌에도 토산품으로써의 김이 언급되고 있습니다.”

“기록상으로는 한국이 압도적이군. 하지만 하나의 단품으로써 사용했을 수도 있지.”

“맞습니다. 하지만 한국의 ‘복쌈’을 알면 그런 말을 할 수 없을 겁니다.”

“복쌈?”

치노가 민규를 바라보았다. 한국의 김밥 유래도 두 가지 설이 맞서고 있었다. 하나는 우리 고유의 복쌈이었고 또 하나는 일본의 마끼에서 유래했다는 것이었다.

“이 역시 김과 함께 삼국유사에 기록된 내용인데 우리 민족은 정월대보름에 복쌈을 먹으며 소원 성취와 만수무강을 빌었습니다. 일본이 새해에 청어알을 먹듯이 말입니다."

"……."

"복쌈은 볶아낸 취나물과 밥을 채소나 김으로 싼 음식입니다. 나물과 오곡밥을 섞어 싸서 먹으니 복을 먹는다는 의미죠. 채소의 넓은 잎이나 김이 다르지 않으니 김과 채소잎이 혼용되었을 것으로 봅니다. 지역에 따라서요."

"쌈이라……."

치노의 미간이 깊어졌다. 김밥도 결국은 김으로 싼 쌈이기 때문이었다.

"그 유래는 선생님이 말한 일본의 도박판도 마찬가지의 경우가 아닙니까? 김이 있는데 김밥을 싸지 않았을 리 없죠. 그건 인간의 본능입니다."

"공감이 가는군. 결국 김밥은 한국이 종주국이 되는 건가?"

"대신 선생님은 다른 종주 기록을 가지고 계시더군요."

"서양에 상륙시킨 캘리포니아롤 말인가?"

치노가 웃었다.

"검색에 나온 기사를 보니 선생님 아이디어라고……."

"내 신상을 털었군?"

치노가 웃었다.

"죄송합니다. 제 동생이 그런 방면으로 능통하다 보니 호기심에……."

민규가 종규를 바라보았다.

"맞네. 내가 한창 열정에 넘치던 20대였지. 미국에 있는 일본 레스토랑에 연수를 가서 테이블 하나를 맡게 되었지. 그때 온 단골 미국 은행가가 가장 일본다운 요리를 내보라기에 생선초밥과 김밥, 새우튀김을 내주었는데 새우튀김만 먹고 다 남겨놓았다네. 이유를 물었더니 초밥은 생살이라 비위가 상하고 김밥 역시 김 비린내에 더불어 김이 입에 붙어서 싫다는 거야. 오기가 생겼지. 당시 내가 전 일본에서 제일 잘나가는 청년 셰프였거든."

"……."

"나를 초청한 수셰프는 다른 요리를 만들라고 했지만 역발상으로 재도전을 했네. 그들이 좋아하는 아보카도 등을 첨가하고 김을 거꾸로 말아냈지. 하얀 밥 위에 매실청과 살구청을 뿌리고 허브를 놓았더니 은행가의 반응이 180도 바뀌었네. 그때부터 캘리포니아롤이 미국 전역으로 퍼져 나갔지."

"대단하셨군요."

"그렇지는 않아. 내 첫 서양 손님이었던 은행가는 그로부터 4개월 후에 죽었으니까."

"예?"

"나중에 알았지만 그는 암이 있었네. 나는 그의 혀를 감동시킨 것에 불과했지. 자네처럼 건강까지 감동시키지는 못했어."

"……"

"건강에 이어 김밥에 대한 내력까지 얻어 가는군. 한국은 신라시대부터 김을 먹었다? 복쌈을 먹었다? 기록이 명백하다면야 우리가 김밥의 종주국이라고 고집할 수 없지. 개인적으로는 셰프의 지론을 받아들이겠네."

"고맙습니다."

"그런데… 자네 식당에는 왜 미슐랭의 별이 없나? 내가 보기엔 3개를 줘도 모자랄 것 같은데?"

"실은……."

민규가 사연을 소개했다. 그 또한 치노와 치아키에게는 놀라움의 연속이었다.

"미슐랭의 별을 거절했다?"

"예."

"그 별은 고작 세 개가 끝이지만 요리의 끝은 별 세 개 따위로 제한할 수 없다?"

"예……."

"허어, 미슐랭 별을 받을 수 있도록 소개하려 했더니……."

혀를 찬 치노가 말을 이어나갔다.

"그럼 세계 대회는?"

"개업하기 전에 국내 대회는 나가본 적이 있지만 세계 대회는 생각해 보지 않았습니다."

"시간이 나면 보퀴즈도르에 한번 나가보시게. 프랑스요리를 바탕으로 하는 대회지만 세계 요식업의 방향을 결정하는 곳이지. 자네 솜씨라면 나 이상의 성과를 거둘 수도 있을 거야. 자네 품격을 보니 상 따위에 연연하지도 않겠지만 한국 요리의 파워를 보여주는 것도 좋아. 자네 이후의 한국 요리사들을 생각해서도 말이야."

"……."

"치아키."

말을 마친 치노가 치아키를 불렀다.

"네."

"오늘 배운 것이 너무 많았다."

"그럼?"

"그래. 컨디션이 이 정도면 식당을 연중 열어도 될 것 같다. 도와주겠느냐?"

"으악, 정말요?"

긴장하던 치아키가 반색을 했다. 치노, 몸의 무기력 때문에 반쪽 영업을 하고 있었다. 한 달에 두어 번 고관대작이나 초상류층의 요리를 예약받는 게 전부였다. 덕분에 치아키도 특급 호텔로 보낸 상황. 그러나 치노의 팬들로부터 성화가 빗발치고 있었으니 그 성원 속으로 들어갈 결심을 한 것이다.

"잘 생각했어요. 오빠, 아니, 스승님."

치아키가 치노의 두 손을 잡았다. 그렇게 마주 서니 영락없는 패밀리였다.

"셰프, 다음에는 각오하시게나. 우리 치노 팀이 세 번 졌지만 네 번째는 다를 터이니."

치노가 애정 어린 결기를 보여주었다. 세 번이라는 건 무라카미와 치아키, 그리고 오늘 일을 가리키는 말이었다.

"기대하죠."

민규가 답했다. 신의 후각에 버금가는 치노. 이제 건강이 제자리로 돌아왔으니 더 좋은 요리를 할 것 같았다. 다시 이런 자리가 올지는 모르지만 기대가 되었다.

치노가 돌아갔다. 선물로 지장수 두 병을 안겨주었다. 오늘 마시고, 내일 마시면 간의 활력에 도움이 될 일이었다.

"종규, 재희."

민규가 둘을 돌아보았다.

"네, 셰프."

"들어가 봐라. 여긴 내가 치울 테니까."

"아니에요. 치우는 건 저희가……."

"됐거든? 아까 감춘 것들 모양 흐트러지기 전에!"

민규가 둘의 요리복 주머니를 바라보았다.

"봤어요?"

재희 목소리가 기어들어 갔다.

"가봐. 밥하고 재료도 조금씩 남았을 테니까."

"그럼……."

"야아, 같이 가."

재희가 돌아서자 종규도 뛰었다.

'짜식들…….'

민규가 혼자 웃었다.

종규와 재희가 감춘 건 치노의 김밥과 초밥이었다. 주방으로 오기 무섭게 꺼내놓았다. 치노 김밥의 직립 쌀알이 보였다. 사진부터 찰칵.

그런 다음에 조심스레 분해를 하는 종규였다. 재희 역시 시선을 떼지 못했다. 쌀알은 처음부터 끝까지 직립이었다. 김밥 재료의 두께도 똑같았다. 기가 막혀서 자까지 동원했지만 오차가 없었다. 맛의 조화를 위해 볼륨의 차이는 있었지만 두께만큼은 '규격화'시켜 버린 치노였다.

"우리 형만 그런 줄 알았더니 이 사람도 인간이 아니네."

종규, 그 신기에 맥이 풀려 버렸다.

다음은 재희 차례였다. 맨 위의 새우 살을 들어냈다. 밥알 가운데 찍힌 고추냉이가 보였다.

"맙소사!"

그녀도 자지러졌다. 대충 찍어놓은 고추냉이가 아니었다. 초록의 국화처럼 하나의 꽃을 감추고 있었다. 밥알들 역시 속까지 흐트러짐이 없었다.

퍼펙트!

그 단어가 재희 가슴으로 들어왔다.

"어휴!"

다리 힘이 풀린 재희가 주저앉았다. 돌아보니 종규도 이미 무너져 있었다. 민규가 들어와 납설수 한 잔씩을 소환해 주었다. 둘의 탐구열에 보내는 '츤데레' 한 격려였다.

"어쩜, 보퀴즈도르 금메달 전설의 내공은……."

김밥과 초밥 분해를 마친 재희가 밥알을 보며 뻑 간 표정을 지었다.

"왜? 너도 거기 나가보게?"

종규가 퉁명스러운 소리를 냈다.

"나야 어림도 없지만 셰프님은 가능할 텐데……."

재희 시선이 민규를 바라보았다.

"나?"

"네, 셰프님."

"한번 나가볼까?"

"정말요?"

민규가 장단을 맞추자 재희가 벼락처럼 반응을 했다.

"너희가 약선요리 대회 입상하면 한번 생각해 본다."

"에에……."

"알았으면 그만 퇴근. 잘 쉬는 것도 공부야."

재희 등을 밀었다. 하루의 마감이었다.

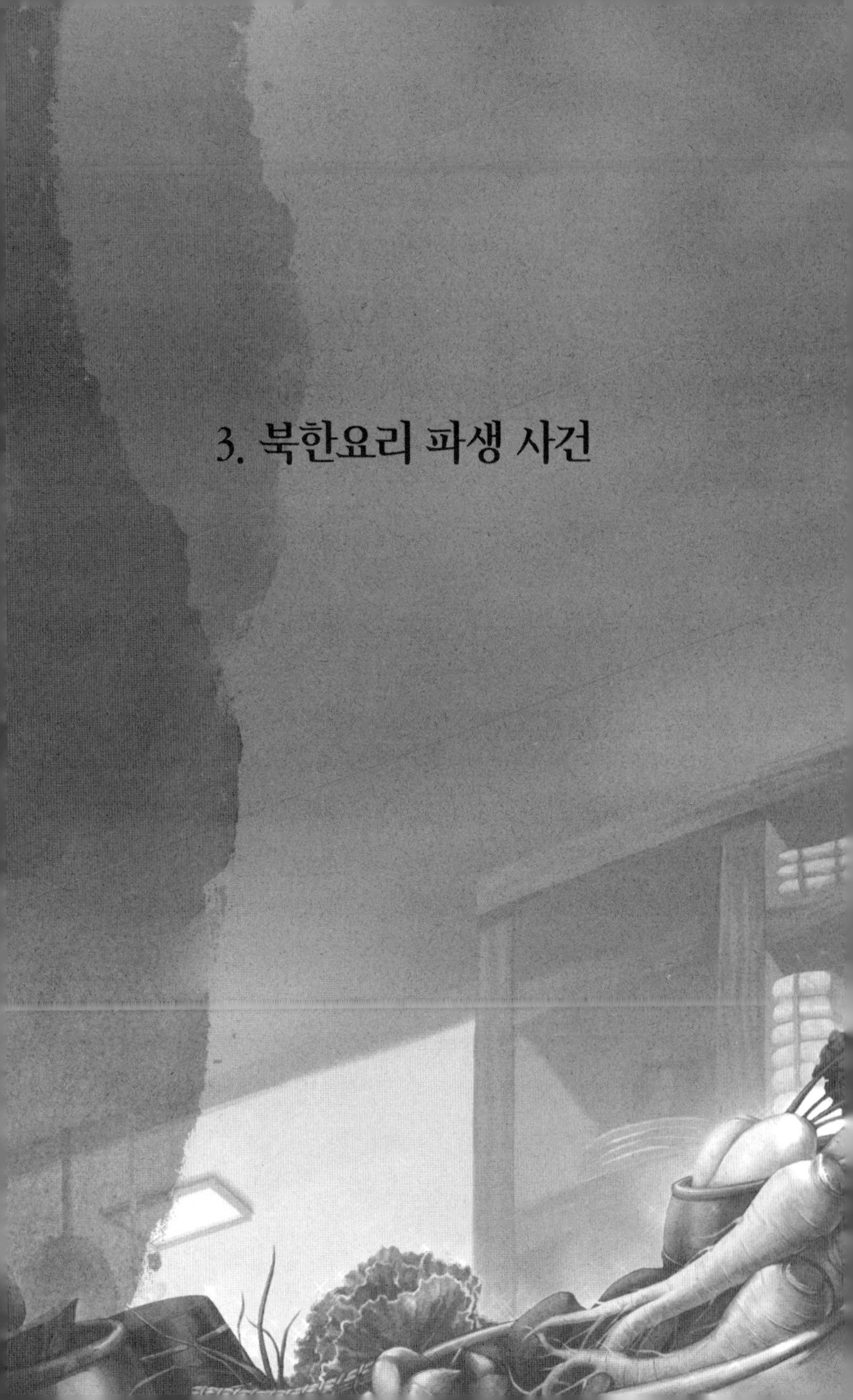

3. 북한요리 파생 사건

닭, 숭어, 인삼.

테이블 위에 올려둔 재료였다. 인삼은 조금 특별했다. 그 옆에는 찹쌀, 멥쌀, 대추 등의 부재료 등이 준비되었다.

"어떤 요리?"

민규가 재희와 종규에게 물었다. 오늘 예약된 메뉴의 재료였다. 굉장히 평범하지만 특별한 요리에 속했다.

"뭐야? 승기아탕도 아니고……."

"그러게. 닭에 숭어라면 어만두 재료인가요?"

종규에 이어 재희도 고개 갸웃이었다.

"힌트, 궁중요리가 아니고 향토요리다."

민규가 떡밥 하나를 던져주었다.

"그럼 종갓집요리인가요?"

재희가 물었다.

"그럴 수도 있고 아닐 수도 있고… 참고로 가깝고도 먼 곳이다."

가깝고도 먼 곳?

그 말이 오히려 어려웠다. 가깝고도 멀다면 서해의 섬이라도 되는 것일까? 강화도나 백령도처럼 먼 곳? 사정권을 좁혀 보지만 역시 생각나지 않았다.

"힌트2, 우리나라지만 우리가 가지 못하는 곳."

"북한?"

종규가 소리쳤다.

"그래, 북한."

"으악, 북한 음식까지 어떻게 알아?"

"왜 몰라? 북한요리는 우리 요리 아니냐?"

"그거야 그렇지만……."

"평양어죽 재료다. 방경환 지점장님 주문."

"평양어죽?"

종규와 재희의 눈이 휘둥그레졌다. 어죽이라면 보통 생선이 중심이다. 그런데 준비된 재료는 무려 닭 한 마리에 숭어 한 마리였다.

"닭, 숭어, 인삼… 자주 쓰니까 만만하지? 재희, 5삼 한번 읊어봐라."

"5삼은… 인삼, 현삼, 고삼, 단삼, 그리고 잔대요."

"그럼 이건 무슨 삼?"

"이건……."

재희가 버벅거렸다. 인삼이지만 모양이 투박했다. 그렇다면 재배 산삼일 수 있었다. 민규 말처럼 보고 또 봐도 구분이 잘 되지 않는 편이었다.

"산양삼이다."

민규가 정답을 공개했다.

"아……."

"그중에서도 황절삼."

"……."

하지만 바로 침묵하는 두 사람. 인삼은 이름이 너무 많았다. 황절삼은 뿌리가 단단하고 향이 진해질 때 캔 산양삼이다. 산사람들은 황절삼을 최고의 산양삼으로 꼽고 있었다.

"다음 종규, 산삼의 효능에 대해 읊어봐라."

"산삼? 산삼은… 익혈복맥, 생진지갈, 보폐정천, 보기구탈, 양심안신, 건비지사… 그리고 또 하나가 있는데……."

"탁녹합창, 체내의 독을 없애고 새살 나는 걸 돕는다."

마무리는 재희가 가로채 버렸다.

"먹고 비교하고 머리와 후각, 미각에 저장해 둬라."

민규가 인삼과 황절삼을 한 뿌리씩 건네주었다. 눈으로 봐서는 공부가 되지 않는다. 평생의 재료로 삼을 거라면 온몸 저장은 필수였다.

황 할머니에게도 한 뿌리 갈아주고 평양어죽 요리를 시작했다. 닭은 깨끗이 씻어 정화수에 재우고 숭어는 비늘을 벗겨 포를 뜬 후에 벽해수에 재웠다. 요리 오더의 주인공은 방경환. 지난번 부탁한 증편 가게 주인의 지병을 고쳐준 데 대한 답례차 들르는 눈치였다.

'같이 오는 분의 고향이 북한인가?'

파, 후추, 대추, 다시마, 무 등을 넣고 끓여낸 닭 육수에 찹쌀과 멥쌀을 불리며 생각했다. 오랜 분단의 시간이 지났지만 남북으로 갈라진 혈육의 정은 아직도 끈끈하게 이어져 있었다.

닭 한 마리에 숭어 한 마리, 거기에 더해 분량의 찹쌀과 멥쌀.

재료의 양으로 보아 어쩌면, 동행자는 두 명이 될 수도, 세 명이 될 수도 있었다. 대추 살을 도려내고 황절삼은 나무 방망이로 두드려 포실하게 헤쳐놓았다. 인삼이나 산삼은 쇠칼을 쓰지 않는 게 원칙. 대나무칼을 쓰거나 가볍게 두드려 넣어야 약성을 해치지 않는다.

여기까지 하고 방경환을 기다렸다. 원래는 손님이 도착해야 요리에 들어가지만 오늘은 일부 진행을 했다. 지점장의 당부 때문이었다. 동행자가 바쁘니 오래 기다리지 않았으면 좋겠다는 당부를 해왔기 때문.

지점장은 예약 시간보다 10분 늦게 도착했다. 동행은 두 사람이었다.

"셰프님."

차에서 내린 지점장이 반가운 미소를 지었다.

"오셨습니까?"

민규가 손님들을 맞았다.

"죄송합니다. 앞선 상담이 너무 늦게 끝나는 바람에……."

"아닙니다. 들어가시지요."

민규가 내실을 가리켰다. 초빛에 익숙한 지점장이 동행을 데리고 안으로 들어갔다. 한 사람은 50대, 또 한 사람은 80대 후반 아니면 90대 초반… 굉장히 연로함에도 표정이 밝았다. 동시에 향수 냄새가 강하게 났다.

'좋은 일이라도 있으신가?'

뒤에서 따라가 주문을 확인했다.

"진짜 평양어죽이 되는 거요?"

노익장이 물었다. 가지런한 이는 의치로 보였다. 늙었지만 반듯한 풍모, 소위 뼈대 있는 집안을 이룬 사람으로 보였다.

"준비 중입니다."

민규가 답했다.

"내 말은… 그저 흉내만 내는 게 아니라 진짜 평양식이냐는 겁니다. 우리 지점장이 그렇다고는 하는데 내가 남한 내려오고 60년대 지난 후로 그런 요리 보지를 못했거든."

"열심히 재현해 보겠습니다."

"그럼 다른 음식은? 평양온반이나 가릿국밥, 어복쟁반 같은 것도 되오?"

"가능합니다."

"허어… 내가 세상을 헛살았군. 서울에 북한 정통요리가 되는 곳이 있었다니."

"우리 이 셰프님은 제대로입니다. 기대하셔도 좋을 겁니다."

지점장이 민규를 대변해 주었다.

"지점장이 그렇다면야……."

노익장은 마른손을 비비며 침을 넘겼다. 침이 넘어가는 목울대가 신랄하게 도드라졌다가 내려갔다. 그의 기대를 엿볼 수 있었다.

"제가 지점 대리 때부터 거래를 해주신 분이십니다. 지금은 연로하셔서 아드님에게 회사를 물려주고 은퇴하셨는데 이번에 큰 경사를 맞으셨습니다."

지점정이 설명을 이어갔다.

"이분의 고향이 평양이신데 월남을 하셨거든요. 북에 어린 여동생 둘을 두고 왔는데 매번 이산가족 상봉 추첨에 탈락하면서 애를 태우다가 이번에 당첨이 되셨어요."

"아, 축하합니다."

"모레가 방북일인데 아드님이신 박 사장님이 찾아와 저한테

상의를 하셔서요. 제가 미식 지점장으로 소문이 나다 보니 아버님 쇠약한 기력에 좋아하는 음식으로 기력 충전을 하고 싶다고 추천 좀 해달라고 해서요. 두말 않고 셰프님께 전화를 드린 거지요."

"예……."

"우리 박 회장님, 두 분 여동생 앞에서 듬직한 오빠로 보일 수 있도록 기 충전 좀 부탁드립니다. 아, 지난번 우리 친척분 지병 고쳐준 것도 정말 고맙고요."

"알겠습니다."

대답을 마치고 노익장에 대한 체질을 읽었다. 90에서 맴도는 나이의 노익장. 당연히 오장의 기력은 바닥이었다. 그래도 다행히 밸런스가 좋았다.

대변불통.

악취.

두 애로가 보였다. 향수를 뿌린 이유는 악취 때문이었다.

"어르신은 변비가 좀 있으시군요. 그렇죠?"

민규가 확인에 들어갔다.

"맞아요. 나이 들면 그놈의 변비, 지긋지긋하지."

"시원하게 뒷일 보실 수 있도록 도와드리겠습니다."

"그런 것도 되오?"

노익장이 묻는 순간 그의 아랫구멍에서 작은 폭발음이 들렸다. 냄새가 구렸다.

"아이고, 나이 먹으면 이게 잘 조여지지 않아서……."

노익장이 얼굴을 붉혔다.

"또 다른 고민도 있으시네요."

민규가 모른 척 물었다.

"다른 고민?"

노익장 얼굴이 더 붉어졌다. 악취 때문이다. 노익장에게는 참담한 일이기도 했으니 자기 입으로 발설하지는 않았다.

"그 또한 같이 해결하도록 해보겠습니다. 기왕이면 깔끔하게 두 동생분들을 뵈셔야죠."

민규는 사설 없이 돌아섰다. 노익장을 위한 배려였다. 그의 건강은 썩 좋은 편이 아니었다. 하지만 기력식을 먹으면 평양행 나들이 정도는 소화해 낼 것으로 보였다.

노익장을 위해 어떤 요리를 추가할까?

어복쟁반.

다양한 고기와 전, 만두, 채소를 더해 끓여 먹는 요리다. 어떻게 보면 승기아탕이나 전골, 신선로와도 유사했다. 그다음은 가릿국밥이다. 갈비탕을 닮은 국밥의 일종인데 고명을 먼저 먹는 법이 다르다. 그다음은…….

'숭어국.'

당첨 메뉴가 나왔다. 시간상 숭어국이 맞춤했다. 숭어국도 북한요리에 속했다. 대동강 쪽에 숭어가 많이 나기 때문이었다. 후추에 영릉향을 더하고 순류수와 한천수를 부어 맑게 끓여냈다. 영릉향은 향이 강한 약재다. 맛은 달면서 살짝 쓰다. 이 약재는 노익장의 몸에서 풍기는 악취를 없애기 위한 조치였다.

초자연수 세트와 자두양갱, 앵두양갱 등을 먼저 들여보냈다. 그런 다음 어죽을 위해 솥 두 개를 걸었다. 이 또한 노익장 때문이었다. 노익장은 열이 있는 체질이었다. 그렇다면 인삼이나 산삼이 유리하지 않았다. 조금 섭섭할지 모르지만 황기로 대체했다. 좋은 재료라고 누구에게나 좋은 건 아니니까.

오래지 않아 요리가 나왔다.

—평양어죽.

—약선숭어국.

"아이고야."

요리를 본 노익장이 반색을 했다. 잊고 살았던 비주얼이었다. 평양어죽이 그랬고 숭어국이 그랬다. 그 옛날 어머니가 차려주던 요리가 눈앞에 전격 강림을 한 것이다.

"어디, 어디… 맛은……."

노익장은 서둘렀다. 어죽을 뜨더니 다 불지도 않고 입에 넣었다.

"아이고야, 우리 어머니 솜씨보다 낫네."

노익장이 무릎을 쳤다. 그걸 보던 지점장이 씨익 웃었다. 지점장에서 민규 이야기를 들은 아들도 웃었다. 대한민국 국가대표 약선요리사 이민규. 어머니 손맛이 아무리 좋기로 그를 당할 수는 없는 일이었다.

"숭어국도 진국일세. 향이 좀 다르긴 하지만 북에서 먹던 그 모양새야."

노익장의 감탄은 그치지 않았다.

"향이 다른 건 어르신의 몸 상태에 맞췄기 때문입니다. 어복쟁반이나 평양온반 같은 것도 가능하지만 오늘은 이것으로 만족하시고, 차린 것 다 드시면 기운도 나고 고민도 없어질 테니 편안하게 즐기시기 바랍니다."

민규가 설명을 붙였다.

"그런데… 내 어죽에는 인삼이 없네?"

어죽을 보던 노익장이 고개를 들었다.

"어르신은 몸이 열성 체질이라서요. 몸에 열이 있는 분들은 인삼 효과를 잘 받지 못합니다. 오히려 황기가 맞춤하지요."

"그래도 황기보다야 인삼이지. 저건 그냥 인삼도 아닌 것 같은데……."

노익장의 시선이 지점장과 아들의 그릇으로 옮겨 갔다. 거기 들어 있는 건 황절삼이었다.

"아버님, 이분이 나이는 어려도 대한민국 최고의 약선요리사입니다. 몸 상태에 맞춰서 드렸다니 그냥 드세요. 그래야 고모님들 뵙고 오지요."

아들이 노익장을 달랬다.

"하긴 그렇지?"

노익장이 다시 어죽을 먹기 시작했다. 숭어국의 숭어 살을 제대로 발라 먹는다. 나이는 먹었지만 먹어본 가닥이 있는 사람. 모처럼 먹성을 부리니 아들의 눈치도 흡족하기 그지없었다.

민규가 주방으로 나올 때 종규가 눈짓을 해왔다.

'응?'

고개를 돌리니 낯익은 얼굴들이 있었다. 차미람과 후배들이었다.

"선배님."

차미람이 다가왔다.

"너희들이 웬일이냐?"

"저번에는 죄송했어요. 제가 와서 도와드리고 싶었는데 영부인님 떡하고 장관님 떡 준비하느라 정신이 없어서요."

"어, 그랬어? 납품은?"

"지금 가져다 드리고 오는 길이에요."

"여사님은 만나 뵈었고?"

"네, 직접 맛을 보시더니 맛나다고 칭찬도 해주셨어요. 덕분에 수석 비서관 두 분의 예약도 받아온걸요."

"잘했다."

"가는 길에 인사차 들렀어요. 이건 셰프님 드리려고 따로 싼 건데 맛 좀 봐주시겠어요?"

차미람이 작은 상자를 내밀었다. 안에 든 건 복령병과 석이 단자, 그리고 쑥단자였다.

"와우!"

민규가 감탄사를 밀어냈다. 색감이 고왔다. 게다가 떡에 굴려낸 재료들도 맛깔스럽게 조화를 이루고 있었다. 복령병 하나를 집어 입에 넣었다.

"아흠, 착착 붙는데?"

"정말요?"

차미람과 후배들의 눈이 시원하게 커졌다.

"그래, 가게는?"

"알아보고 있는데 쉽지는 않아요. 목이 괜찮으면서 작은 가게가 필요한데 그런 쪽은 점포가 커서 세가 너무 세고, 그렇지 않은 곳은 장사가 될 것 같지 않고요."

"하긴, 실력도 중요하지만 점포가 반은 차지하는 게 한국이니까."

"계속 알아보고 있으니까 알맞은 곳이 나올 거예요. 가게가 나오면 다시 말씀드릴게요."

차미람이 얼굴을 붉혔다.

개업.

실력이 갖춰지면 그다음은 돈이었다. 사람들은 말한다. 맛만 좋으면 아무 데나 있어도 손님이 찾아온다고. SNS 같은 데 홍보 마구 뿌리면 잘된다고…….

정말 그럴까? 그러는 당신은 해보고 말하는 건가? 민규의 생각은 반대였다. 물론 실력은 닥치고 필요했다. 그러나 실력이 있다고 다 성공하는 건 아니었다. 장사는 역시 가게 터였다. 실력과 가게 터가 맞아야 성공한다. 그러자면 어느 정도의 자금 역시 필수적이었다.

돈.

그 실탄은 충분했다. 마음만 먹으면 차미람과 후배들의 점포 비용도 민규가 댈 수 있었다.

'하지만…….'

민규가 고개를 저었다.

장사!

세밀하게 들어가면 실력과 가게 터만 좋으면 성공하는 것도 아니었다. 거기에 주인의 마인드가 합쳐져야 한다. 차미람과 명기훈 등의 후배들. 배우려는 열정과 패기는 좋았다. 솜씨도 있고 탐구 정신도 있으니 나쁘지 않았다. 그러나 결정적인 게 모자랐다.

자신의 힘으로 이루어가는 과정!

그거야말로 음식점 성패의 핵심일 수도 있었다. 남이 다 해주는 게 능사는 아닌 것이다.

'아!'

거기서 요긴한 한 사람이 떠올랐다. 지금 테이블에 있는 방경환이었다. 민규 역시 그의 지원을 받은 바가 컸다. 덕분에 번듯한 가게를 내 것으로 마련한 민규… 노력하는 후배들에게 같은 테크 트리를 권해보기로 했다.

"너희들, 바깥 테이블에서 좀 기다려라."

"뭐 도와드릴 일 있어요?"

"그건 아니고… 잠깐만 기다리고 있어."

민규가 연못을 가리켰다.

방경환 테이블에 후식을 내주었다. 노익장과 아들은 자리에 없었다. 돌아보니 화장실 앞이었다. 아들이 노익장을 부축하고 있었다. 지점장이 엄지를 세워주었다. 노익장에게 신호가 온 것이다.

"변을 보셨어요. 많지는 않지만 오랜만에 수월하게 나왔답니다."

아들이 반색을 했다. 노익장의 표정도 밝았다. 몸에 붙은 웅가의 향은 아주 심했다. 변이 장내에 오래 머물렀었다는 반증이었다.

둘은 방북 문제로 준비할 게 많다며 먼저 자리를 떴다. 민규에게 거듭 인사를 했음은 물론이었다. 하지만 민규는 좀 아쉬웠다. 노익장의 대변불통은 시원하게 뚫리지 않았다. 진득하게 앉아 변을 보았으면 좋으련만 동생들 만날 생각에 마음이 급해진 모양이었다.

"지점장님."

민규가 갈 준비를 하는 지점장을 불렀다.

"왜요? 할 말 있어요?"

"죄송하지만 10분만 시간 좀 내주실 수 있을까요?"

"10분이라? 오늘은 좀 빡빡한데……."

"죄송합니다……."

말문을 흐리며 창밖을 가리켰다. 차미람과 후배들이 보였다. 이번에도 자세들이 좋았다. 희희낙락 핸드폰 게임이나 하고 있다면 여기서 끊어버릴 생각이었다.

"제 후배들인데 소개 좀 시켜 드리려고요."

"소개요?"

"제가 쳐들어갔던 날 생각나십니까? 이 가게 대출 때문에 말입니다."

"그걸 어떻게 잊겠습니까? 내 생애 가장 값진 대출 중의 하나였는데……."

"제 생각입니다만 이번에도 그런 기분을 느끼실 수 있을 것 같아서요."

"그럼?"

눈치 빠른 지점장, 그 시선이 밖으로 향했다. 네 명의 청년들. 요리사 냄새가 풍겼다. 셰프들의 세계에 대해 알 만큼 아는 지점장이었다. 그들을 보자니 민규가 무슨 말을 하는지 알 것 같았다.

"셰프님."

"네?"

"대출 건인가요?"

"아, 예… 굉장히 열정적이고 재능도 있는 친구들이라서……."

"셰프님이 권하니 시간을 내보죠."

"앗, 고맙습니다."

"하지만 셰프님과 저의 관계는 고려하지 않습니다."

"예……."

"제가 무리한 요청을 할 수도 있습니다. 그래도 되겠습니까?"

"……!"

"되겠습니까?"

다시 묻는 지점장의 눈은 조금 전과 달리 카리스마가 팽팽해 보였다.

"자네들이 이 셰프님의 후배들인가?"

차미람과 후배들이 들어서자 지점장이 물었다. 힘이 실린 목청이었다.

"예……."

"사업 자금이 필요하다고?"

"예……."

"누가 대표인가?"

"예?"

"누가 사업상의 대표냐고 물었네?"

"그건 아직 정하지 못했습니다."

"그럼 나가보게."

"예?"

"넷이 동업을 하면서 대표도 정하지 않고 움직인단 말인가?"

"……."

"나는 아마추어와는 상대하지 않네. 나가보고 이 셰프님이나 오시라고 전하게."

가자.

명기훈이 차미람에게 눈짓을 보냈다. 이미 지점장의 기에 눌린 상황이었다.

유수한 은행의 지점장.

졸업반인 그들에게는 범접하기 어려운 인물이었다. 게다가 아직 이룬 것 없는 청춘들. 기세에 눌려 오금이 저려온 것이다.

"나가자."

명기훈이 차미람을 끌었다. 차미람이 그 손을 쳐냈다.

"지점장님."

차미람의 입이 열렸다.

"이제 늦었네. 사업에 있어 시간은 곧 돈이니까."

"알겠습니다. 하지만 기왕 뵈었으니 한마디는 하고 가야겠습니다."

"한마디?"

지점장이 눈빛을 세웠다. 틈 하나 없는 강철의 눈빛이었다.

"대표는 정하지 않았습니다. 그러나 단지 그 이유만으로 저희들의 열정이 무시받을 이유는 없다고 생각합니다."

차미람이 기세를 뿜었다. 그녀의 눈빛도 어느새 지점장의 그것에 견줄 만해 보였다.

"열정? 열정만 있으면 저절로 사업에 성공하나?"

"그럼 무엇이 사업의 근본입니까?"

"그걸 설명해야 하는 건 자네들일세."

"기회를 주시지 않았습니다. 저희는 선배님께 인사를 드리러 왔다가 느닷없이 지점장님을 만났습니다."

"기회는 언제나 예고 없이 오는 것일세. 예고하고 오는 기회 따위는 없어."

"그렇다면 지점장님도 예고 없이 온 좋은 기회 하나를 차버리고 있는 겁니다."

"기회를 찼다고?"

"아니면 무엇입니까? 저희가 비록 가진 것 없지만 이렇게 일방적인 무시라면 설령 대출을 해주시다고 해도 거절하겠습니다."

"뭐야?"

"하지만 저희들 이름만은 기억해 두시기 바랍니다. 제 이름은 차미람입니다."

차미람이 친구들을 바라보았다.

"명기훈입니다."

"하준식입니다."

"김창규입니다."

차미람의 열변에 힘을 얻은 친구들이 차미람과 어깨를 겨루며 섰다.

"이름 따위는 필요 없네. 내가 원하는 건 담보가 될 만한 자산이거든."

"저희가 자산입니다. 우리는 우리 이하도 이상도 없습니다."

차미람이 답했다.

"한 대 치기라도 할 기세군?"

"그럴 겁니다. 지금은 아니지만 머잖은 미래에 보란 듯이 성공해서 지점장님을 찾아가 가난한 열정을 무시한 데 대한 사과를 요청할 겁니다."

차미람의 눈에서 뚝 눈물이 떨어졌다. 대출금, 어려울 줄은 알았다. 그러나 이런 개무시를 받을 줄은 몰랐다. 하지만 괜찮았다. 자신들의 현주소를 신랄하게 느꼈을 뿐이었다. 세상이 어떻다는 걸 배웠을 뿐이었다. 친구들도 그랬다. 처음에는 기가 죽었지만 이제는 아니었다. 가슴 깊은 곳에서 올라온 오기가 독기가 되어 눈빛으로 튀어나왔다.

당신.

기억할 거야.

그러니까 당신도 우리를 기억해 둬.

보란 듯이 성공해서 오늘의 수모를 돌려줄 테니까.

네 청년의 눈빛은 강철의 오기를 튕겨내고 있었다.

"좋아!"

네 사람을 쏘아보던 지점장, 목소리를 바꾸더니 분위기를 돌려놓았다.

'좋아?'

"사업 오기는 그 정도면 되었어. 이제 가서 뭐라도 하나 만들어 와보게. 시간은 15분 주지."

"……?"

"특별대출 받기 싫나? 그럼 맨주먹뿐인 자네들에게 내가 넙죽 절이라도 하고 돈을 내줄 줄 알았어?"

"지점장님……."

"14분 50초."

지점장이 시계를 바라보았다. 그제야 차미람이 감을 잡았다. 이건 자신들에게 주는 테스트였던 것이다.

"야, 뛰어!"

차미람이 주방으로 뛰었다. 민규와 종규, 재희가 보였다.

"선배님, 죄송하지만 주방을 15분만, 아니, 14분 30초만 빌리겠습니다."

"14분 30초?"

"식재료도 부탁합니다."

차미람이 소리쳤다. 하지만 민규는 고개를 저을 뿐이었다.

안 돼.

그 뜻이었다.

"선배님."

차미람이 울상을 지었지만 민규의 표정은 변하지 않았다. 그사이에 시간은 또 10초가 흘렀다. 물론 민규의 본심이 아니었다. 그깟 주방과 식재료 좀 빌려주는 게 뭐가 중요할까? 하지만 이건 지점장과의 사전 약속이었다.

무엇도 협조하지 말 것.

그런 까닭에 완곡할 뿐이었다.

"어쩌지?"

명기훈이 울상을 지었다.

"뭘 어떡해? 뛰어."

차미람이 밖으로 나갔다. 남학생들도 우르르 그 뒤를 따라갔다.

"될까?"

종규가 어깨를 으쓱해 보였다. 15분 주지. 그 말은 종규도 들었다. 허허벌판에 던져진 차미람 일행이 15분 동안 할 수 있는 건 없었다. 주방도 없고 불도 없는데 무슨 요리를 한단 말인가?

5분 경과.

지점장은 묵묵히 시계를 보고 있었다. 민규는 도로를 바라보았다. 지점장의 속내는 알 수 없었다. 그래도 차미람이 포기하지 않기만을 바랐다. 바로 그때 차미람 일행이 보였다. 손에 무엇인가를 들고 있었다.

"……?"

그걸 본 민규가 출렁 흔들렸다. 차미람과 친구들의 손에 들린 건 휴대용 가스레인지 네 개와 팬 셋, 그리고 냄비였다. 다른 친구의 손에는 계란 한 판과 부추가 들려 있었다.

넷은 마당에 가스레인지를 놓고 숨 쉴 틈도 없이 불을 댕겼다. 10분, 13분, 14분 경과… 드디어 요리가 나오기 시작했다.

계란탕.

달걀말이.

부추달걀전.

세 팬에서 줄줄이 요리가 나왔다. 마지막 냄비에서 나온 건… 차미란이 맡은 계란라면이었다. 팔팔 끓은 라면 위에 고이 투하된 계란. 그러나 시간이 없어 계란을 넣기 무섭게 쟁반에 담았다.

15분.

넷은 가까스로 시간을 맞췄다. 시계를 보던 지점장이 테이블을 보았다. 무에서 유를 창조해 낸 요리들. 조촐하지만 엉망은 아니었다. 지점장은 달걀말이부터 확인을 했다. 칼과 도마가 없어서 뒤집개로 자른 계란말이. 안은 제대로 익었다. 계란탕의 자태도 봐줄 만했고 부추달걀전 또한 그럴듯하게 보였다. 마지막으로 냄비의 뚜껑을 열었다.

"……!"

지점장의 시선이 라면에 꽂혔다. 그 안에 들어간 계란은 맛깔스럽게 풀려 있었다. 접시를 앞으로 당긴 지점장이 민규를 불렀다.

"미안하지만 소화가 잘되는 약수 좀 부탁합니다."

"예?"

"시식 좀 하려고요. 포기할 줄 알았는데 어떻게 해 왔군요. 주문해 놓고 먹지 않으면 그 또한 예의가 아니지 않습니까?"

"예……."

민규가 요수를 내주었다. 물을 마신 지점장이 시식을 시작했다.

달걀요리.

어렵지 않다. 누가 해도 기본 맛은 난다. 그러나 이들은 명색이 요리사. 기본 맛에 불과하다면 '기본'이 안 된 자세가 분명했다. 맛은 제법이었다. 속사포처럼 만든 단품임에도 달걀의 푸근함과 담백함이 잘 살아 있었다. 비린내도 나지 않았다. 부추를 보았다. 도마와 칼이 없으니 손으로 끊었다. 그럼에도 일정한 크기가 마음에 들었다. 역시 민규가 추천할 만한 깜냥들이었다.

꿀꺽!

차미람과 친구들은 지점장의 손길 하나에도 눈을 떼지 못했다. 지점장은 모든 요리를 다 먹어 치웠다. 계란탕을 먹고,

달걀말이를 먹고… 결국 라면 국물까지 마시고서야 젓가락을 놓았다. 과식임을 알지만 무리수를 둔 데 대한 보답이었다.

"누가 대표인가?"

입까지 닦은 지점장이 다시 물었다.

"저희 모두가 대표지만 대외적으로는 제가 책임 대표 역할을 하고 있습니다."

차미람이 답했다.

"번갯불에 콩 볶듯 만든 요리치고는 쓸 만하군."

"고맙습니다."

"음식값은 얼마인가?"

"긴급하게 만들었으니 요리당 2만 원씩 해서 10만 원은 받아야 합니다."

"배포도 쓸 만하군. 카드 되나?"

지점장이 카드를 들어 보였다.

"아직 사업자등록증이 없습니다. 등록증이 나오면 꼭 끊어 드리겠습니다."

"순발력도 나쁘지 않고."

지점장이 웃었다. 그제야 차미람과 친구들도 엷은 미소를 머금었다.

"대표가 앉고 나머지는 나가 있게. 이야기라는 게 사람이 많으면 의견이 갈라지거든."

지점장이 차미람을 지명했다. 둘의 대화는 짧았다. 몇 마디

말을 마친 지점장이 일어섰다. 차미람의 표정은 한없이 비장하게 굳었다.

'옵션이군.'

민규가 혼자 웃었다. 지점장은 금융인. 민규의 소개라고 닥치고 'Yes'를 외칠 리 없었다.

뭔지 모르지만 극복하기를.

민규의 진심이었다.

*　　　*　　　*

다음 날 이른 오후, 점심 예약이 마무리되었을 때 뉴스가 나왔다. 남북 이산가족 상봉 소식이었다. 상봉을 앞둔 사람들의 설레는 인터뷰가 나왔다.

[죽기 전에 가게 되니 소원이 없습니다.]

[1.4 후퇴 때 헤어진 언니 보러 갑니다. 꿈만 같습니다.]

헤어질 때는 팔팔한 청춘이었던 사람들, 이제는 노년이었다. 그러나 설렘만은 그때나 지금이나 변하지 않은 것처럼 보였다.

"어제 그 할아버지도 가시겠네?"

저녁 예약을 체크하던 종규가 물었다.

"그러시겠지."

"아깝다. 조금 일찍들 가셨으면… 너무들 늙으셔서 가셔도 제대로 회포도 풀지 못할 거 같아."

"그래서 이산가족 상봉한 후에 몸살들 많이 난다잖아."

재희도 한마디 거들었다. 그때 가게 전화가 울렸다.

"네, 초빛입니다."

재희가 전화를 받았다.

"셰프님요? 잠깐만요."

지점장님이신데요?

재희가 송화기를 막고 속삭였다.

'지점장님?'

무슨 일일까? 어제 후배들 지원 부탁과 연관된 일일까?

"여보세요."

민규가 전화를 받았다.

—이 셰프님.

"예."

—아, 이거 어디서부터 말을 꺼내야 할지…….

"괜찮습니다. 천천히 말씀하십시오."

—실은 어제 그 손님 말입니다. 내가 모시고 갔던 사업가 부자… 그 왜 북으로 여동생들 만나러 간다는…….

"예……."

—이분이 급환이 났다네요.

"예?"

민규 목소리가 올라갔다. 내일이 집결지 집합이라 준비에 여념이 없어야 할 때. 그런데 급환이라니?

—밤사이에 열이 치받았는데 북한 갈 욕심으로 참았던 모양입니다. 그러다 너무 심해서 광덕의료원으로 옮겼는데 몸에 힘이 없어서 일어나지도 못할 정도랍니다.

"제 요리 때문이랍니까?"

—그럴 리가 있습니까? 잠들기 전까지는 기력도 굉장히 좋았답니다. 그런데 갑자기…….

"병원에서는요?"

—몸에 열이 심한데 해열제도 잘 안 듣고… 대변도 안 나와서 설사약을 쓴 모양인데 그래도 차도가 없어서… 아들 박 사장에게 아버님 잘 다녀오게 하라고 안부 전화를 했다가 이 비보를 들었네요.

'맙소사!'

—죄송하지만 셰프님께 무슨 비방이 없겠습니까? 그 양반이 평생을 기다려 온 기회인데… 그렇게 좋아하던 모습이 눈에 선한데…….

"아드님은 지금 어디 있나요?"

—병원에 있습니다.

"그럼 저한테 전화 좀 넣어달라고 해주세요."

당부를 하고 통화를 끝냈다. 핸드폰을 꺼내 무음을 해제하자마자 박 사장의 전화가 바로 들어왔다.

"박 사장님?"

—예, 셰프님… 지점장님이랑 통화하셨다면서요?

"지금 병실입니까?"

—예… 아, 진짜…….

"영상통화로 해서 아버님 좀 비춰주시겠습니까?"

—알겠습니다.

화면이 뜨더니 노익장 모습이 나왔다. 어제와 달랐다. 밤사이에 산송장이 되어 있었다.

'윽!'

체질을 리딩하던 민규가 소스라쳤다.

"혹시… 저희 아버님 벌떡 일어나게 하는 약선 같은 건 없을까요? 우리 아버님 북에 가야 합니다. 평생을 기다려 온 일이거든요. 이거 못 가시면 죽어도 눈 못 감습니다."

박 사장의 오열이 목소리로 전해졌다. 그사이에 간호사가 들어왔다.

"설사약하고 관장약입니다. 보호자분 잠깐 비켜주시겠어요."

간호사의 목소리가 들렸다.

'설사약?'

그 단어에 민규 눈빛이 튀었다.

"그거 막으세요. 설사약 투약하면 안 됩니다."

민규가 소리쳤다.

—예?

"어떻게든 막으라고요. 벌써 한 번 투약했다면서요? 한 번 만 더 투하하면 아버님 영영 일어나지 못합니다."

—셰프님…….

"일단 막고 계세요. 제가 거기 닥터들 몇 분 알고 있으니 가서 말씀드리겠습니다. 설사약, 관장약, 절대 안 됩니다. 아시겠어요?"

민규는 벌써 랜드로바를 향해 폭주하고 있었다.

4. 오장열증 약선요리

"셰프님."

민규가 병실에 들어서자 박 사장이 벌떡 일어섰다. 옆에는 주치의가 보였다. 얼굴에는 불쾌감이 가득했다. 하지만 민규의 동행을 보고는 바로 얼굴이 풀렸다. 길두홍 박사를 대동한 것이다.

"선배님."

주치의가 길두홍에게 인사를 해왔다. 40대 초반의 주치의는 길두홍의 까마득한 후배였다.

"환자 상태가 어떤가?"

길두홍이 주치의에게 물었다.

"열이 심해서 들어왔습니다. 검사 결과 장에 변이 오래 적체된 것 말고는 특별한 이상은 없는데 열이 잘 내리지 않습니다. 해서 배변을 돕는 약을 처방했는데……."

오히려 악화.

주치의가 난감한 표정을 지었다.

"혹시 우리 이 셰프님 아시나?"

길두홍이 민규를 가리켰다.

"초면입니다만……."

"그럼 내가 치료에 약선요리를 결합하는 건 들어봤겠지?"

"예……."

주치의의 대답은 건성으로 나왔다. 초대형 대학병원은 의사가 많다. 길두홍이 선배라지만 전공과가 다르면 만나기 쉽지 않다. 그러니 병원 돌아가는 일을 다 알 수 있는 의사는 없었다.

"얼마 전에는 닥터 주와 그 환자가 이 셰프님의 도움을 받았네."

"예……."

"환자분 사정은 알고 있지?"

"들었습니다만 방북은 불가능합니다. 당장 집결지로 가야 한다는데 보시다시피 일어서지도 못하는 상황이라……."

"그래서 말인데… 어떤가? 이 셰프에게 약선요리 한번 맡겨 보는 게."

“곤란합니다. 아직 병명도 제대로 나오지 않은 상황에 악성 변비도 있는 편이라…….”

“자네 마음은 이해하네. 솔직히 내키지 않겠지. 이런 상황에 약선요리라니?”

“…….”

“솔직히 나도 그랬네. 하지만 우리 이 셰프님은 거의 신에 필적하는 식의라고 보시면 되네. 자네 내 폐동맥 고혈압 환자들 완치된 소문은 들었겠지?”

“그거야…….”

“그걸 해결한 분이 바로 이 셰프님이라네. 크고 작은 고질병들은 이루 말할 수도 없고.”

“……?”

“사정이 딱한 분 아닌가? 자네 책임이지만 방법이 있다면 찾아봐야지. 수십 년 묵은 소원이 코앞에서 무너질 판일세.”

“선배님…….”

“내 얼굴 봐서 한 번만 기회를 주시게. 보호자이신 아드님도 원한다고 하니.”

“뭐 정 그러시다면…….”

주치의가 마지못해 수락을 했다.

“고맙습니다.”

그에게 인사를 한 민규가 노익장 앞으로 다가섰다.

“에―에―프…….”

"……!"

목소리를 들은 민규가 소스라쳤다. 노익장, 충격으로 실어증까지 생겼다. 셰프라는 발음조차 못 하는 것이다.

"잠깐만요."

민규가 병원 식당으로 뛰었다. 사정을 말하고 생강과 참기름을 조금 빌렸다. 생강을 갈아 참기름에 혼합했다. 갑자기 말을 못 할 때 쓰는 비방이었다. 그러나 비율이 문제. 이게 말문을 여는 임계점에 맞지 않으면 소용이 없을 일이었다. 실어의 혼탁에 맞춰 농도를 조절했다.

"이거 드셔보세요."

병실로 돌아와 노익장의 입으로 흘려 넣었다. 그런 다음 화병(火病)을 내리는 냉천수를 몇 모금 더해주니 성문의 때가 벗겨지기 시작했다.

"셰… 프……."

노익장의 발음이 한결 나아졌다.

"다시 말해보세요. 천천히……."

"셰프……."

목소리가 돌아왔다. 그러나 반은 송장. 어제만 해도 희망에 불타던 사람. 오늘은 절망에 묻혔다. 꿈에도 그리던 여동생들. 눈앞에 두고 갈라진 1.4 후퇴를 재현하는 마음이 오죽할까?

"아버지."

목소리가 돌아오자 아들이 다가와 늙은 손을 잡았다.

'열…….'

민규는 리딩에 집중했다. 체온계 없이도 알 수 있었다. 노익장의 오장육부는 열에 휩싸여 있었으니 오장열증이었다. 원인은 상화(相火)였다.

상화.

사람의 몸에는 2개의 불이 존재한다. 그 하나는 군화(君火)로 심장과 소장에서 생명의 빛을 관장한다. 나머지 하나가 상화로 심포와 명문에서 생명 활동을 주관한다.

인간의 열병은 상화의 이상에서 초래된다. 상화가 돌연 작렬하면 진액이 순식간에 말라 버린다. 생명까지 위험해지는 것이다. 이 상화는 여러 감정과 욕망으로 인해 타오른다. 분노, 고뇌, 슬픔, 기쁨, 등등…….

'아뿔싸!'

혼탁을 짚어가던 민규 몸이 오싹해졌다. 이 상화는 처음이 아니었다. 그렇다면 어제 초빛에 왔을 때도 혼탁이 있어야 했다. 그런데 왜 리딩되지 않았을까?

"혹시……."

민규가 박 사장에게 물었다.

"맞습니다. 원래도 열이 좀 있는 편이었는데 몸 좋아질 욕심으로 며칠 해열진통제를 세게 드셨다고 합니다. 셰프님의 요리를 먹으러 갈 때에도 다섯 알이나……."

'허얼.'

한숨만 나왔다. 그래서 열이 잡히지 않았다. 이건 민규로서도 어쩔 수 없는 변수였다.

노익장의 상화 악화는 벅찬 설렘 때문이었다.

아직도 눈에 선한 어린 두 여동생. 얼마나 영특하고 사랑스러웠는지 모른다. 아버지의 유언이 아니더라도 돌봐주고 싶은 동생들이었다. 그런 동생들을 북에 두고 내려왔다. 자리를 잡고 데리러 온다고 약속했지만 갈 수 없었다. 휴전선 따위가 천륜을 막아버린 것이다.

그러던 차에 천신만고 끝에 당첨된 기회. 기력이 없고 뒤가 묵직한 게 부담스러웠는데 민규의 약선요리를 먹고 몸이 개운해졌다. 그 바람에 의욕 과잉이 되었다. 한시라도 바삐 북으로 달려가 동생들을 보고 싶었다. 그 행복한 조바심이 상화에 불을 질렀다.

근원은 이산(離散)이었다. 어린 두 여동생과 헤어진 후 간간이 불이 붙었던 상화의 불길. 그때는 분노와 고뇌, 그 불길의 흔적이 남았다. 그런 차에 속절없이 번진 상화의 불길이었으니 노쇠한 체력이 감당하지 못한 것이다.

'내가 병 주고 약 준 꼴이 되었군.'

민규가 고개를 저었다. 약선요리로 기력을 찾지 않았더라면 조바심은 덜했을지도 모른다. 민규 책임은 아니지만 결과 자체는 그런 셈이었다.

"되겠습니까?"

길두홍이 물었다.

"해봐야죠."

민규가 답했다.

"선생님."

민규가 주치의를 향해 말을 이었다.

"제가 볼 때 이분은 상화에 불이 붙은 오장열증입니다. 심장과 간장에 동시 발화가 된 까닭에 팔다리가 붓고 근육이 무기력해졌습니다. 아마 오늘 새벽에는 더 심했을 겁니다."

민규가 박 사장을 돌아보았다.

"맞습니다. 그렇다고 하시더군요."

아들의 확인이 나왔다.

"한방 쪽에서는 이런 상태에서 설사약을 금하더군요. 설사약을 쓰면 대변은 일부 나오겠지만 원기가 빠지고 몸이 상합니다. 배변 역시 일시적일 뿐이며 다른 병까지 생긴다는 거죠. 설사약보다는 오장의 열을 풀어주는 방식으로 접근해야 합니다."

"……."

"모레 출발이니 내일 아침까지는 쾌차하셔야 하는군요. 쉽지는 않겠지만 어르신의 염원이 강하니 약선요리를 한번 만들어보겠습니다. 그러니 설사약 처방을 중지해 주시길 부탁드립니다."

"그러시죠."

주치의가 동의를 했다.

서둘러 초자연수 둘을 소환했다. 냉천수와 동상이었다. 냉천수는 화병에 쓰고 동상은 열로 인한 질병을 잡는다. 오장열증의 기세로 보아 해결은 되지 않겠지만 도움이 될 것으로 보였다.

"제가 올 때까지 이 물을 꾸준히 드시게 하세요."

아들에게 당부하고 병실에서 나왔다. 환희의 조바심이 불씨가 되어 발화된 상화. 그로 인해 불이 붙은 오장육부. 그중에서도 간장과 심장.

부릉!

단숨에 시동을 걸고 병원에서 나왔다.

"승균아."

노익장의 아들을 불렀다. 창을 내다보던 아들이 돌아보았다.

"셰프가 갔느냐?"

"예."

"참으로 기구한 운명이구나. 나와 네 고모들……."

"아버지……."

"두 번째지. 내 방북이 결정된 게… 첫 번째는 돌연한 남북정국의 경색으로 방북 자체가 무산되면서 분루를 삼켰고… 이번에는 늙은 몸이 말을 듣지 않아서……."

"가실 수 있을 겁니다. 지점장님 말씀이 저 셰프님 요리는……."

"하지만……."

노익장의 시선이 그의 팔에 머물렀다. 팔이 제대로 올라오지 않았다. 근육이 풀려 버린 것이다. 다리는 더욱 그랬다. 참으로 야속한 운명이었다.

"하늘도 무심하시지. 그 애들에게 약속한 꽃신도 사고 과자도 샀는데……."

"아버지……."

"돌아가신 어머니 아버지, 두 동생과 함께 고향 집에서 평양온반과 어복쟁반을 차려놓고 먹는 꿈까지 꾸었는데……."

"……."

"셰프에게 전화해 다오. 나를 일으켜 세워만 준다면… 평양으로 가게만 해준다면… 돈은 얼마든지 내겠다고……."

천장을 향한 노익장의 목소리는 자꾸만 힘이 빠지고 있었다.

"종규야."

초빛에 도착한 민규가 주방으로 뛰었다.

"형."

"가서 흰오리 한 마리 가져와라. 머리에 푸른빛이 도는 게 있으면 그걸로. 재희는 메주 좀 찾아오고."

"알겠습니다."

오더를 받은 둘은 토를 달지 않았다. 서둘러 요리복을 입었다. 오후 예약이 코앞으로 닥쳐왔다. 재료 준비는 종규와 재희가 마쳤다지만 바쁘지 않을 수 없었다.

"형, 여기."

"메주 찾아왔어요."

종규와 재희가 재료를 대령했다.

—흰오리고기, 메주.

흰오리고기에 메주를 넣어 끓인 후에 마시면 열이 내려간다. 이는 동의보감에도 등재된 방법이었다. 약으로 쓰는 오리는 머리에 푸른빛이 도는 게 좋았다.

몇 가지 재료를 더 정렬시켰다.

—오이, 댓잎, 기름, 치자, 배, 냉이, 두부, 알로에.

이 재료들은 심장과 간, 체열 등을 내리는 식재료들…….

—참깨, 아교, 삼씨.

마지막은 대변불통을 해결하는 재료들이었다.

그러나 노익장의 몸은 다운 직전. 많은 요리를 소화할 수 없었다.

—약선흰오리메주밀죽.

—약선냉이두탕(荳湯).

—약선참깨알로에양갱.

요리의 갈래를 정했다. 셋 다 먹기 편한 요리였다. 흰오리의 배를 갈라 메주 덩어리를 넣었다. 약간의 치자와 댓잎도 추가

했다. 그런 다음 천리수와 냉천수, 동상수를 넣고 불을 당겼다. 옆의 불 위에는 밥을 함께 안쳤다. 죽물을 받기 위한 준비였다.

그사이에 밀죽의 밀을 준비했다. 밀은 통밀로 껍질이 선명했다. 밀은 두 개의 성질을 가지고 있다. 속은 따뜻하지만 껍질의 성질은 차다. 그렇기에 열을 내리는 식재료로 쓸 때는 껍질이 있어야 했다. 이런 이유로 밀 쭉정이와 대추의 조합은 식은땀을 내리는 데 애용되고 있었다.

콩콩콩!

통밀을 돌절구에 넣고 정성껏 찧었다. 흰오리가 푹 고아지면 그 육수와 살점에 쌀의 죽물을 함께 넣고 끓이면 될 일이었다.

'냉이두탕…….'

두 번째 식재료를 바라보았다. 두탕은 불린 콩을 간 다음 물을 더하여 끓인 걸 걸러내서 만든 젖 같은 액체다. 두유(豆乳)가 이것에 속한다. 두탕에 대한 약선은 권필의 생애에 많았다. 그 시대에는 종기가 많은 까닭이었다. 많은 왕족들이 종기로 죽었다. 약으로 다스려지면 좋지만 오래가면 숙수들에게도 비상이 걸렸다. 권필의 경우야 더욱 그랬다.

"왕께서 발운산을 드셨으나 차도가 없다. 약선요리를 준비하렷다."

왕명은 느닷없이 내려온다. 발운산은 열이 심하고 눈이 침침할 때 올리는 한약. 그렇다면 약선도 그 방향으로 가야 했다. 처음에는 권필도 두탕을 몰랐다. 댓잎과 배, 오이, 냉이 등의 찬 음식을 올렸다. 더러는 차도가 있지만 더러는 효과가 없었다. 그러다 고승을 만나 비기를 알게 되었다.

"두탕을 써보시게."

두탕(荳湯)!

권필의 귀가 쫑긋 세워졌다.

그는 조포사의 주지 스님이었다. 조포사는 고려시대에 두부를 만들던 사찰이었다. 오랜 시간 두부를 만들다 보니 그들만의 노하우가 있었다. 콩으로 탕을 만들면 성질이 차가워져서 번잡한 열을 식히고 독을 없애는 효과가 배가(倍加)되는 걸 알았던 것이다.

새 두부를 가져다 두탕을 만들었다. 그러나 그는 당대 최고의 숙수. 단순히 스님 말대로 하지는 않았으니 자신의 노하우를 접목시켰다. 바로 냉이두탕이었다.

냉이 역시 간을 다스려 눈을 맑게 하고 열을 내려준다. 열과 눈병이 겹친 왕에게 저격용 약선이 되었다.

"네 덕에 내 눈이 밝아졌구나."

요리를 먹은 왕의 치하 한마디. 권필의 자부심이 되었다.

권필의 처방은 그의 제자를 거쳐 이성계에게, 제5대의 문종, 제18대의 현종에게도 긴요하게 쓰였다. 문종 역시 종기로 고생했고 현종도 눈병으로 고생을 했던 것.

지엄한 왕들의 열을 잡고 눈을 맑게 해준 그 두탕. 민규의 손에서 또 한 번 거듭났다. 불린 까치콩을 갈아낸 후에 서서히 가열하며 얇은 상층 막을 분리했다. 이 막은 80도 정도의 온도를 유지하면 5분쯤 후에 형성된다. 그대로 떠서 먹어도 건강에 좋았다.

그사이에 흰오리육수가 나왔다. 고이 빻은 밀에 육수와 죽물을 더해 요리에 들어갔다. 두탕 역시 냉이즙을 더해 불에 올렸다.

종규는 랜드로바 앞에 있었다. 시동까지 걸렸으니 출발할 준비는 끝이었다.

죽이 푸근하게 퍼졌다. 두탕도 고소한 냄새를 피우며 완성이 되었다.

"잘 다녀와."

종규의 배웅을 받으며 차에 올랐다.

"셰프님."

아들 박 사장은 주차장에 나와 있었다. 민규가 요리 상자를 들고 내렸다.

"아버님은요?"

"한숨만 쉬고 계십니다."

"그럼 옆에 계시지 왜 나와 계세요?"

"그게 통일부에서……."

아들이 한숨을 쉬었다. 방북 절차 때문이었다. 한두 사람이 가는 게 아니다 보니 절차라는 형식이 있었다. 방북 가능 여부와 집합 등의 절차가 있는 것이다.

"오늘 저녁까지 속초 집결지로 와서 이산가족 등록과 방북 교육을 해야 한다고……."

"사정을 말씀해 보셨습니까?"

"해봤는데 안 먹히네요. 아무래도 포기해야 할 것 같습니다."

"헐!"

민규가 걸음을 멈췄다. 어이 상실이었다.

"방금 포기라고 했습니까?"

"현실이 그렇지 않습니까? 집결지로 오지 않으면 당첨을 무효화시키겠다는데……."

"아버님도 포기입니까?"

"아버님은 아직 사정을 모르고 집결지로 가야 한다는 말씀만……."

"그러니까 아버님은 아니군요?"

"……."

"그런데 왜 아드님이 포기합니까? 직접 가는 사람도 아니면서요?"

"셰프님."

"그게 최선입니까? 아드님이 할 수 있는? 아버님의 간절함만큼 최선을 다한 겁니까?"

"말씀 함부로 하지 마세요. 저도 통일부 담당자부터 부서 책임자까지 다 통화해서 사정해 봤습니다."

"장관은요? 대통령은요?"

"예?"

"당신이 할 수 있는 모든 것을 해봤냐고요?"

민규의 폭주에 아들의 등골이 오싹해졌다.

"거기까지도 해봤냐고요?"

"이봐요."

"이거 들고 계세요. 흔들리면 안 되니까 움직이지 말고요."

민규가 요리를 넘겼다. 아들은 얼떨결에 상자를 받아 들었다. 민규가 전화를 뽑았다. 문화부장관과 영부인, 청와대 비서관, 세 사람이 떠올랐다. 일단 문화부 장관 직통 번호로 먼저 전화를 걸었다.

—이 셰프님, 웬일이세요?

장관이 반갑게 맞았다.

"바쁘신데 죄송하지만 부탁이 있어 전화를 드렸습니다."

민규가 사정을 설명했다.

—그러니까 지금 셰프님이 약선요리를 준비해서 도착하셨다고요?

"예."

—기다리세요. 제가 한번 알아보죠.

장관이 전화를 끊었다.

"헐!"

아들이 한숨을 쉬었다. 유명한 약선요리사. 그러나 어떻게 보면 식당 주인에 불과하다. 그 자신도 온갖 선을 동원해 해당 부서 서기관과 통화를 했었다. 읍소도 하고 화도 내보았다. 그럼에도 해결이 되지 않은 사안. 그런데 식당 주인 주제에 뭘 어쩐단 말인가? 그 순간, 아들의 전화가 요란하게 울렸다.

"그거 이리 주시고 전화받으세요."

민규가 손을 내밀었다.

"여보세요, 네?"

전화를 받은 아들의 표정이 확 변했다.

"알겠습니다. 고맙습니다. 정말 고맙습니다."

아들은 날아갈 듯한 표정으로 통화를 끝냈다.

"셰프님!"

그가 민규를 돌아보자 이번에는 민규 전화가 울렸다. 발신자는 장관이었다.

―그분 보호자에게 연락이 갔을 거예요. 제가 보증을 서겠다고 통일부 장관에게 말했거든요. 흰개미로부터 강녕전을 지켜주셨듯이 그분의 염원도 꼭 지켜주세요. 저도 같이 기도할게요.

"고맙습니다, 장관님."

인사를 하고 전화를 내렸다.

"시작해 볼까요?"

굳센 시선으로 아들을 바라보는 민규.

"네!"

아들이 환하게 답했다.

—약선흰오리메주밀죽.

—약선냉이두탕(荳湯).

—약선참깨알로에양갱.

노익장의 침대 식판에 정성껏 요리를 세팅했다. 급하게 만들었지만 긴요한 데커레이션까지 빼먹지 않은 '요리'였다. 두탕 위에 붉게 물들인 참깨가루로 그린 진달래와 알로에양갱 접시에 놓은 모란꽃이 그것이었다. 진달래와 모란꽃은 북에서 많이 쓰는 꽃들이었다.

"우와!"

도와주던 간호사가 감탄 소리를 냈다. 민규에게는 간단한 요리지만 그녀에게는 왕의 간식처럼 위엄이 가득한 것이다.

"아버지."

아들이 노익장을 불렀다.

"집결지로 가는 출발 시간이 내일로 연기가 되었어요. 여기 셰프님이 그것까지 해결해 줬어요."

"그래?"

노익장의 눈빛이 민규에게 향했다.

"회장님의 병은 오장열증입니다. 허약한 몸에 감정이 고조되면서 이상이 생긴 겁니다. 이상 중에서도 간열이 심해서 팔과 다리에 힘이 빠지고 눈도 침침해졌어요. 아시겠지만 간은 근육과 인대, 눈을 주관하거든요."

"간……"

"요리는 세 가지인데 천천히 드시면 좋아지실 겁니다. 일단 이 물부터 드시고요."

요수를 내밀었다. 식욕도 식욕이지만 중초에 힘을 주는 물이니 시너지가 될 수 있었다.

"박 사장님."

식사는 아들에게 맡겼다. 그사이에 종규에게 문자가 들어왔다.

[첫 예약 손님은 시간 조금 미뤘어. 다행히 양해해 주셨어.]

[수고했다.]

답문을 하고 노익장을 바라보았다. 민규는 혼자가 아니었다. 주치의와 길두홍에 주수길까지 와 있었다. 그들은 결과가 궁금했다. 이민규 셰프의 약선 마법. 과연 또 한 번의 기적을 일으킬 것인가?

노익장의 열은 서서히 잡혀갔다. 처음 흰오리메주밀죽이 끝났을 때까지는 큰 차도가 없었다. 그러다 냉이두탕이 바닥을 비울 때쯤에 효과가 먹히기 시작했다. 신장이 시작이었다. 신장 열이 내려가나 싶더니 간열도 사정권에 들어왔다. 약선이 제대로 먹히는 것이다. 그 기적의 시작은 노익장의 손이었다.

"잠깐만……."

방북 욕심에 무리하게 받아먹던 노익장. 숨 돌릴 틈을 위해 아들 손을 잡았다.

"선생님!"

간호사 입에서 비명이 나왔다. 민규와 아들만큼이나 관심을 보이던 간호사. 노익장의 손이 올라온 의미를 알고 있었다. 조금 전까지만 해도 들지도 못하던 손이 아니었던가?

"……!"

주치의와 길두홍 등도 소스라쳤다.

"팔 괜찮으십니까?"

주치의가 황급히 물었다.

"손?"

의미를 모르는 노익장이 손을 바라보았다. 그에게는 그저 본능적인 동작이었기 때문이다.

"반대편 손도 움직여 보세요."

수치의가 소리쳤다. 노익장이 따라 했다.

"다리요, 다리는요?"

"다리?"

노익장의 시선이 다리로 향했다. 그의 다리가 시트 위로 빼

꼼 치솟았다.

"으허!"

주치의가 입을 쩌억 벌렸다. 눈으로 보면서도 믿기지 않는 현장이었다. 길두홍과 주수길은 빙그레 미소를 머금은 쪽이었다. 처음부터 민규를 신뢰했던 길두홍이기 때문이었다.

"셰프님."

아들은 민규를 잊지 않았다. 밝은 표정으로 민규를 돌아보았다. 하지만 민규의 표정은 거기서 내려앉고 있었다. 열이 내리던 오장육부에 다시 혼탁이 끼기 시작한 것이다.

"……?"

우려가 아니었다. 잠시 기운을 받았던 노익장의 손발이 다시 늘어져 버렸다. 임계점. 분명히 닿았다. 그렇기에 오장이 안정되었던 것이다. 그러나 결과는 실패. 인체의 신비는 계산처럼 녹록하지 않았다.

"왜 그러세요?"

주치의가 노익장에게 물었다.

"다시 힘이……."

노익장의 입에서 신음이 나왔다.

"다시 한번 해보세요. 손, 손!"

"이게 안 돼……."

노익장이 기를 썼지만 손은 올라오지 않았다. 오장의 열은 다시 처음의 기세로 돌아가고 있었다.

"양갱까지 다 먹이세요."

민규가 말했다. 아직은 기대가 남아 있었다. 아들이 참깨알로에양갱을 아버지 입에 넣었다. 노익장은 다시 필사적. 그러나 양갱이 바닥을 보여도 열은 요지부동이었다.

"열이 올라갔어요."

중간중간 체온을 체크하던 간호사가 소리쳤다.

"셰프님."

그제야 길두홍의 눈빛도 헐거워졌다. 손을 내밀던 기적이 배신을 때린 것이다.

"셰프님."

아들의 눈에도 맥이 빠졌다. 회복된 줄 알았던 일이라 더욱 그랬다.

'흰오리고기에 메주…….'

민규는 약선 과정을 복기했다. 실수가 있었을까? 빠뜨린 게 있었을까? 흰오리고기에 메주를 넣고 끓여 마시면 열이 내리는 건 약선의 원리. 거기에 쐐기로 냉이두탕까지 더한 비방이었다. 어쩌면… 어쩌면 과욕이 일을 망친 걸까? 긴 시간을 두고 차근차근 들어갔어야 했나?

"셰프……."

고뇌하는 사이에 노익장 목소리가 들려왔다.

"회장님……."

"고맙소. 이 늙은이가 복이 없는 모양이오."

"회장님……."

"그래도 애써줘서 고맙소. 내 이 은혜는 잊지 않으리다."

웅얼거리는 노익장의 눈에서 눈물이 흘러내렸다. 마음은 북에 있지만 마지못해 하는 포기. 그 끈적한 회한의 눈물을 보자니 마음이 아렸다.

민규의 약선요리…….

무려 3생의 노하우가 깃든 걸작이었다. 시공을 건너온 3생의 능력으로 오장열증 하나 다스리지 못한단 말인가? 참담했다. 만약 권필 생의 고려였다면 당장 목을 내놓아야 할 판이었다.

이민규…….

스스로에게 물었다.

아들에게는 최선이냐고 다그쳐 놓고 정작 자신은 간절하지 않았던 게 아닌가? 내 일이 아니라고 절실하지 않았던 게 아닌가? 그저 손쉬운 약선으로 대가인 양 누리며 꿀이나 쪽쪽 빨고 살았던 것?

'응? 꿀?'

그 단어에서 촉수가 반응을 했다.

꿀…….

'꿀!'

머리에 햇살 하나가 들어왔다. 그거라면 마지막 희망이 되어줄지도 모른다는 기대감이었다.

"선생님, 잠깐만요."

다시 설사약 처방을 내리는 주치의를 막았다. 그런 다음 병원 밖으로 뛰었다. 가까운 곳에서 보아둔 대형마트가 목적지였다. 찾는 게 있었다. 최고의 품질은 아니었지만 그럭저럭 쓸 만했다. 그걸 집어 들고 병실로 돌아왔다.

숨을 돌릴 사이도 없이 정화수 베이스에 동상수를 추가했다. 거기에 풀어놓은 건 방금 사 온 꿀이었다.

"그걸 먹이려고요?"

주치의가 물었다.

"예."

"꿀은 열을 올리는 식품이 아닙니까?"

그렇잖아도 환자의 열이 올라간 상황. 거기에 꿀을 먹이려 하니 이해가 안 되는 주치의였다.

"꿀이 단맛이니 열성으로 생각할 수 있지만 꿀은 한양평온열 중에서 평에 속합니다. 그러니 걱정하지 마십시오."

이번에는 민규가 직접 먹여주었다.

"허어!"

주치의가 고개를 저었다. 처음에는 기대를 했지만 지금은 아니었다. 제대로 차려온 약선요리도 실패로 돌아간 판이었다. 그런데 꿀물 따위가 무슨 소용이란 말인가? 그래도 민규는 포기하지 않았다. 한 숟가락, 한 숟가락 정성으로 떠 넣었다. 민규 앞의 노익장은 이제 왕이었다. 왕을 위해 요리를 바치는 대령숙수의 마음이 된 것이다.

고치지 못하면 내가 죽는다.

권필의 간절함을 담았다. 이윤의 절실함도 담았다. 동시에, 가여운 빈민 환자를 구제하려는 정진도의 비원도 함께 녹여 넣었다.

절반이 들어갔다. 오장육부의 열은 내려가지 않았다. 꿀물의 바닥이 드러날 때도 그랬다.

이민규.

아직 멀었구나.

이토록 간절한 어르신의 오장 열 하나 못 잡으면서 똥폼을 잡았구나.

스스로 반성할 때였다. 마지막 한 숟가락을 남기고 떠먹인 꿀물. 거기서 노익장의 혀 반응이 아주 다르게 나왔다.

'응?'

민규가 눈을 또렷이 떴다. 혀의 열이 내려가고 있었다. 시선을 심장으로 옮겼다. 혀는 심장의 상태를 반영한다. 그렇다면 심장도…….

'하아아…….'

저도 모르게 안도의 숨이 나왔다. 심장의 열이 식고 있었다. 심장의 영향은 바로 비장으로 간다. 화(火)는 토(土)를 살리니 화생토(火生土). 과연 비장도 열도 서서히 내려갔다. 다음은 폐, 그다음은 신장, 그리고 이어지는 간… 하나의 사이클이 형성되자 열은 빠르게 식어갔다.

"열이 내려갑니다."

간까지 체크한 후에야 중얼거렸다.

"예?"

주치의와 길두홍 등이 동시에 반응했다. 간호사가 다시 체온 체크에 나섰다. 민규는 남은 한 숟가락을 마저 먹었다.

"열이 내렸어요. 거의 정상이에요."

간호사가 소리쳤다. 마침내 임계점을 제대로 적중시킨 민규. 3생에 부끄럽지 않은 뚝심이 빛을 발하는 순간이었다.

—흰오리고기에 메주.

열을 내리는 약선이다. 그러나 특별한 경우, 오히려 열이 오를 수도 있었다. 그때의 처방이 바로 꿀이었다. 정화수에 꿀을 타서 한 사발 들이켜면 비방이 되는 것이다.

"손 들어보세요."

다시 체크에 들어가는 주치의. 그는 노익장의 반응에 엉덩방아를 찧고 말았다. 노익장, 손을 들어보랬더니 상체를 세우고 앉아버린 것이다.

"……!"

아들도 휘청거렸다. 옴짝달싹도 제대로 못 하던 아버지가 움직이는 게 아닌가?

"아버지……."

아들이 버벅거리는 사이에 아버지가 소변 줄과 기저귀를

뽑아냈다. 그런 다음 아들을 향해 말했다.

"그런 얼굴 하지 말고 화장실이나 데려가거라. 나올 거 같다."

"……."

"급하대도."

바닥에 내려선 노익장이 침대를 잡고 일어섰다. 다리에도 힘이 들어와 있었다. 아들이 정신 줄을 수습하지 못하기에 민규가 대신 부축해 주었다.

"고맙소."

노익장은 민규의 도움으로 화장실에 앉았다.

"무리해서 힘주지 마시고요, 어제처럼 서두르지도 마시고요, 천천히 다 보고 나오세요. 아셨죠?"

민규가 당부하자 노익장은 순순히 따랐다.

뿌지지직!

소리가 요란했다. 문밖으로 나와 있던 민규가 웃었다. 참깨알로에 약선도 제대로 통했다. 오장의 열을 잡고 대변불통도 해결하는 민규였다. 다만 부작용이 있었으니 악취였다. 장의 열로 인해 오랫동안 장내에 머물렀던 대변들. 어제 초빛에서도 그랬지만 냄새의 위력이 장난이 아니었다. 그래도 민규는 웃었다. 덩어리가 밀려 나올 때마다 통쾌해할 노익장을 생각하면 웃지 않을 수 없었다.

노익장, 한참 후에 혼자 힘으로 나왔다. 민규를 보더니 아이처럼 표정이 환해졌다.

"시원하게 쌌어."

짝짝짝!

길두홍이 박수를 쳤다. 노익장에게 보내는 축하의 박수였다. 더불어 민규에게 보내는 경이의 박수였다. 주수길도 그 뒤를 이었다. 주치의와 간호사도 박수 대열에 합류를 했다.

"북한 가실 수 있겠어요?"

민규가 물었다.

"갈 수 있지. 이제 끄떡없어."

노익장이 힘주어 말했다.

"오늘은 푹 쉬게 하시고 내일 아침 일찍 제게 오세요. 기운이 나는 약선죽 좀 해놓을게요. 밤에는 배 좀 드시게 하시고… 이 약수들을 함께 드시게 하시면 도움이 될 겁니다."

아들에게 당부를 남기고 일어섰다.

"이거 뭐라고 인사를 해야 할지……."

노익장이 민규 손을 잡았다.

"기운 차려서 잘 다녀오시기나 하세요."

"고맙소, 셰프……."

노익장의 인사를 뒤로하고 병실에서 나왔다. 주치의가 따라나와 고개를 숙였다. 민규를 인정한다는 표시였다.

"기회를 주셔서 고맙습니다."

겸손하게 마무리를 했다. 주치의의 양해가 없었다면 민규도 난감했을 일이기 때문이었다.

"조심해서 가십시오."

아들의 굵직한 목소리에 길두홍과 주수길의 격려까지 받으며 바삐 시동을 걸었다. 종규의 문자 때문이었다.

[형, 두 번째 예약 손님들이 벌써 도착했어.]

이 테이블은 단체 테이블. 예약된 메인 요리만 황금궁중칠향계 10마리였다. 이쯤 되니 노익장의 조바심은 민규의 것이 되었다. 핸드폰을 눌러 종규와 연결했다.

"종규야, 묵은 재래닭 골라서 내장 빼서 준비하고 도라지하고 살구씨에 떡갈잎 한 줌, 중탕할 항아리 준비해라. 지금 바로 간다."

"오케이!"

종규의 대답이 시원하게 나왔다.

5. 대한민국 청년 궁중요리 대회

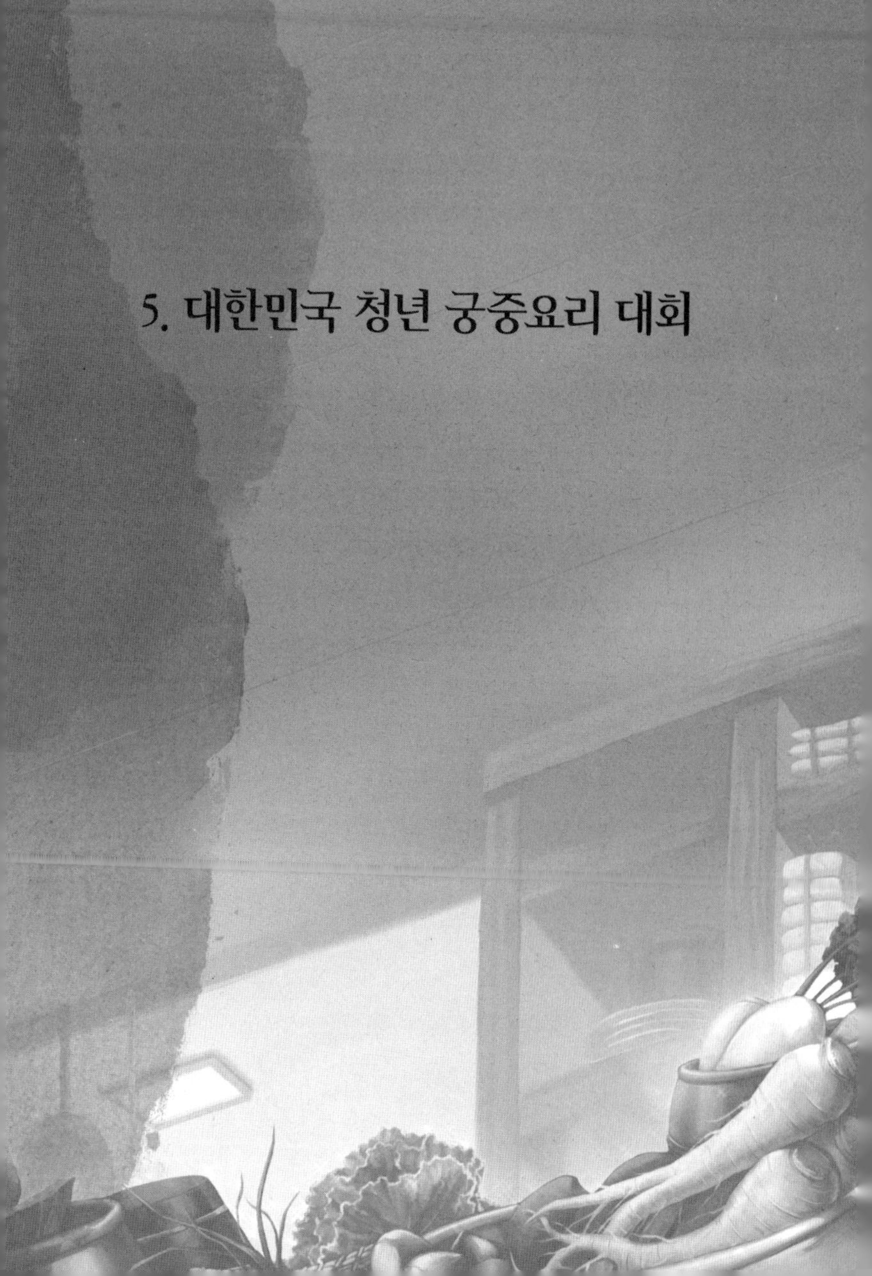

"셰프!"

이튿날 아침, 노익장이 차에서 내렸다. 아들만 온 게 아니라 함께였다.

"회장님."

민규가 달려 나왔다.

"몸은 어떠세요?"

"보다시피, 기분 같아서는 평양까지 뛰어서도 갈 수 있을 것 같다네."

"다행이군요."

민규가 웃었다.

“제가 혼자 다녀온다고 해도 막무가내라… 속초 집결지까지 갈 준비를 마치고 들렀습니다.”

아들이 어깨를 으쓱해 보였다. 자리는 내실로 내드렸다. 요리는 ‘양고기구기자죽’으로 준비했다.

양고기는 익기보허(益氣補虛)하고 중초를 따뜻하게 한다. 구기자 역시 정혈을 보하니 평양행 동안의 기력이 되어줄 만했다.

“드세요.”

민규가 죽을 내주었다. 노익장은 군말 없이 먹었다.

“좋네, 좋아.”

먹는 동안 연신 감탄이 나왔다. 쌀밥에서 얻은 죽물에 초자연수를 더해 끓였으니 입에서 쫙쫙 붙는 것이다.

“어떠세요?”

한 그릇 반을 비우자 민규가 소감을 물었다.

“최고야. 평양어죽도 그랬지만 이건 아주 먹는 족족 피가 되고 살이 되는 것 같아.”

노익장의 얼굴에 생기가 돌았다.

“이건 전약입니다. 궁중 원방으로 만들었으니 가시면서 입이 궁금할 때 드세요. 회장님 몸에 맞게 몇 가지 처방을 더했으니 기운 차리는 데 도움이 될 겁니다.”

“고맙네. 그리고 이거…….”

노익장이 봉투 하나를 꺼내놓았다.

“돈이라면 아드님에게 미리 요리값을 받았는데요?”

"요리는 내가 먹었네만."

"예?"

"받으시게. 평양음식에 어제 병원의 특별식에… 아들에게 들으니 통일부 장관까지 닦아세워서 집결지에 늦어도 된다고 허락을 받았다면서?"

"그거야 제가 괜한 오기로……."

"자기 일도 아닌데 그런 사람 흔치 않지. 하지만 내가 살아봐서 아는데 사람이란 게 똥간 갈 때와 나올 때가 다른 법이야. 그래서 우선 있는 대로 조금 넣었어. 나머지 인사는 다녀와서 하겠네."

"회장님……."

"아니면 나도 이거 안 받아 가네. 내가 평양 가서 동생들에게 남한에서 너희 오빠로 부끄럽지 않게 살았다고 할 참인데 신세도 못 갚고 다녀서야 말발이 서겠나?"

"……."

"그러니 넣어두시게. 괜히 늙은이 기력 소모시키지 말고."

"그럼 일단 받아두겠습니다."

"진작 그러시지. 대신 나는 가게의 화장실 신세 좀 지겠네. 아침에도 한 덩어리 비워냈는데 식사를 하니까 또 신호가 오는군."

노익장이 화장실로 향했다. 잠시 후에 악취가 밀려 나왔다. 테이블을 치우던 재희가 숨을 참을 정도였다. 대단한 위력이지만 어제보다 덜한 것으로 보아 장도 정상화되는 모양이었다.

"어, 시원하다."

노익장이 쾌재를 부르며 나왔다. 그의 생기는 한 단계 더 올라가 있었다.

"잘 다녀오세요."

민규가 나와 배웅을 했다.

"방송 보라고. 내가 나올지 누가 아나?"

노익장은 기세를 올리며 멀어졌다.

"셰프님."

안으로 들어오니 재희가 봉투를 건네주었다. 노익장이 두고 간 거였다. 열어보니 1천만 원 수표가 들어 있었다. 자필로 쓴 편지도 있었다.

"……!"

편지를 읽는 동안 가슴이 알알해졌다. 구구절절 적어놓은 심경 때문이었다. 어쩌면 생의 마지막일 수 있는 기회. 그러나 노쇠한 몸에 온 열증으로 인해 절망에 부딪쳤던 노익장. 드라마틱한 기사회생 과정을 거치고 나니 고마움이 뼈에 사무친다는 내용이었다.

'두 여동생분과 행복한 시간 되십시오.'

편지에 보내는 민규의 마음이었다.

"아, 구려. 방향제를 뿌려도 가시지를 않네."

화장실에 긴급 조치를 하고 나온 종규가 미간을 찡그렸다.

"그렇지?"

재희가 말했다.

"그만해라. 그래도 어제보다는 낫고 좋게 보면 그 안에 장미 향도 섞여 있으니까."

민규가 슬쩍 핀잔을 주었다. 이 또한 요리의 한 과정이기 때문이었다.

"장미 향이라고요?"

재희가 호기심을 보였다.

"그래. 똥의 성분에 장미 향도 있거든."

"에, 진짜요?"

재희의 눈이 더 반짝거렸다.

"얘들 봐라. 요리의 끝이 뭐다?"

"……."

"말 안 해?"

"똥이요."

재희 목소리가 기어들어 갔다.

"왜? 더러워?"

민규가 그냥 넘어갈 리 없다.

"그건 아니지만……."

"허얼, 안 되겠네. 너희들 내일모레 궁중요리 대회 나갈 요리사들 맞아?"

"……."

"궁중요리 하면 대령숙수야. 대령숙수는 왕과 왕족의 안위를 위한 요리를 하는 사람들이고."

"……."

"그러자면 왕의 똥도 먹어봐야 할 판에 이야기조차 꺼려? 옛날에 허준 같은 명의도 왕의 똥을 먹으며 건강을 체크한 거 몰라?"

"……."

"그런데 더러워? 궁중요리와 약선요리 하려면 똥의 상태도 알아야 한다고 몇 번을 말했어?"

"죄송합니다."

"됐어. 똥이 뭐야?"

"요리가 장을 통해 흡수되고 남은 찌꺼기요."

"똥은 왜 냄새가 나?"

"대장의 세균에 의해 분해되는 과정 때문에요. 수소와 이산화탄소, 메탄가스, 황하수소……."

"그게 다야?"

"인돌과 스카톨, 암모니아 가스요."

"그 스카톨이 바로 장미 향의 성분이야."

"예?"

놀란 재희가 고개를 들었다.

"하지만 많으면 악취가 나. 사향도 마찬가지잖아? 적게 쓰면 향도 좋고 약이 되지만 많이 쓰면 악취가 될 뿐이야."

"……."

"악취가 심한 경우."

"육류 같은 것들요. 소화 시간이 길다 보니 그만큼 더 많은 가스를 배출하게 되니까요."

"똥으로 알 수 있는 병."

"요리가 들어가면 식도—위—십이지장—소장—대장—직장을 거쳐 항문으로 나오니까 각 소화기관의 기능을 알 수 있어요. 간이나 쓸개, 췌장의 이상 등도 대변으로 나타나지요."

"알면서 왜 그래? 머리와 마음이 따로 노니까 그렇지."

"죄송해요."

"좋아하는 것만 해서는 좋은 요리사가 될 수 없어. 좋은 약선요리, 좋은 궁중요리를 하려면 싫은 것도 겪어봐야 하는 거야. 알았어?"

"네. 대변 냄새 속에 장미 향의 성분 스카톨이 있다니 장미처럼 사랑하겠습니다, 셰프님."

재희는 민규의 질책을 살갑게 받아들였다.

"셰프님!"

테이블을 치우던 재희가 민규를 불렀다. 그녀의 손은 텔레비전을 가리켰다. 이산가족 출발 화면이 나오고 있었다. 카메라가 잡은 건 아까 그 노익장이었다.

[오늘 화제의 인물은 북에 두고 온 두 여동생을 만나기 위해 철인의 투혼으로 합류하신 주인공입니다. 만나보겠습니다. 안녕하세요?]

리포터가 마이크를 대주었다.

[안녕하세요?]

노익장이 마이크를 잡고 웃었다. 나이 드신 분들은 마이크를 대주면 손으로 잡고 말하려 한다. 아무튼 얼굴의 웃음꽃이 보기에 좋았다.

[지금 기분 어떠세요?]
[좋습니다. 너무 좋아서 어깨춤이라도 추고 싶네요.]
[듣자니 광덕대 병원에서 달려오셨다고요?]
[맞습니다. 어제까지는 북에 못 가는 줄만 알았습니다.]
[의료진 말로는 누워서 꼼짝도 못 하는 상태였다고 하던데요? 동생들 보려는 마음에 초인의 힘으로 일어나셨나 봐요?]
[마음은 그랬죠. 하지만 나를 세워준 건 이민규라고 약선 셰프님입니다. 그분의 약선요리가 아니었으면 지금쯤 병실에서 한숨만 쉬고 있을 겁니다.]

[산삼이 들어간 요리라도 먹고 오신 모양이군요?]

[산삼하고 댈 게 아니죠. 이민규 셰프님, 방송 보고 계십니까? 나 이제 북으로 갑니다. 파이팅!]

노익장이 카메라에 얼굴을 들이댔다. 방송을 보던 민규가 픽 웃었다. 노익장에 대한 걱정은 하지 않아도 될 것 같았다.

"으아, 우리 형 또 매스컴 타네. 전화 내려놔야겠다."

종규가 너스레를 떨었다.

방송은 방송이고 요리는 요리였다. 내일까지는 숨도 못 쉴 판이었다. 모레로 잡힌 문화부 궁중요리 대회 때문이었다. 재희가 참가하고 종규가 참가한다. 민규는 심사 위원장이니 별 수 없이 문을 닫는 수밖에 없었다.

"워매, 대통령이 사람 차별하네. 어째서 젊은이들만 참가한다냐? 나도 붙여만 주면 상 하나 받을 텐데."

황 할머니가 기염을 토했다.

"청년실업이 심각하니까 활로 뚫어주려고 그러는 거잖아요? 젊은 사람들에게 우리 것의 소중함도 알려주고요."

종규가 말했다.

"뭔 소리? 노인들 실업은 안 심각한 줄 알아?"

할머니는 지지 않았다.

하이라이트는 저녁 메인 시간이었다. 탕평채와 열구자탕에 구절판, 화전, 느르미, 병시까지. 후식으로 골동면과 율란, 전

약과 유밀과, 제호탕을 지정하는 바람에 민규도 혼이 빠질 지경이었다.

"완전 궁중요리 풀코스네."

보조하던 종규가 입을 벌렸다.

"진심?"

민규가 테스트에 들어갔다.

"맞잖아? 탕평채부터 제호탕까지."

"요리 내력 알기를 원치 않는 손님들에게는 굳이 알려줄 필요 없지만 정식 대회에서는 구분해야 할 게 있다."

"응?"

"구절판 말이야. 이건 궁중음식이 아니라는 견해가 많아. 골동면도 그렇고… 신선로 같은 경우에도 궁중 용어로는 신설로나 열구자탕이라고 해야 맞는 거지."

"젠장, 심장 쫄깃해지네."

종규가 정신을 가다듬었다. 내일이 지나면 대회일, 매일 새벽까지 연습을 하지만 돌아서면 모르는 게 튀어나오는 판이었다.

마무리 제호탕이 나갔다. 이것으로 초혼잡 시간대를 돌파하는 민규였다. 남은 예약 손님들을 보았다. 모두 다섯 테이블이었다.

"자, 그럼 또 달려볼까?"

다섯 테이블의 첫 예약은 황금궁중칠향계와 탕평채였다. 거기서 민규가 사고를 당하고 말았다.

"엇!"

칼질을 하던 민규가 비명을 냈다.

"다쳤어?"

종규가 다가왔다. 민규가 왼 손가락을 감싸 쥐었다.

"조금… 붕대 좀 가져와라."

민규 손샅에서 붉은 피가 떨어졌다.

"어떡해요?"

재희까지 달려와 울상이 되었다. 왼 손가락 두 개를 붕대로 감은 상황. 요리를 할 수 없는 상태가 되었다. 그렇다고 오고 있는 손님들의 예약을 미룰 수도 없는 일.

"할 수 없지. 칠향계는 너희도 할 수 있으니까 둘이 맡아라."

"셰프님."

"일단 해봐. 탕평채 재료도 같이 준비하고."

민규 지시가 떨어졌다. 뭐라고 할 사이도 없이 손님들이 들이닥쳤다.

"황금궁중칠향계 부탁합니다."

"탕평채도 맛나게 해주세요."

손님들이 이구동성으로 합창을 했다.

"……."

종규와 재희의 시선이 허공에서 만났다. 이제는 도리가 없었다. 둘이 요리에 돌입했다. 조금 지켜보던 민규는 자리를 비켜주었다. 모르는 것이 있으면 물어올 일. 옆에 감시자처럼 서 있으면 방해만 될 뿐이었다.

첫 테이블은 그럭저럭 치렀다. 관건은 금박 코팅이었는데 무난하게 해치운 둘이었다. 하지만 그다음 테이블들은…….

—궁중추복, 궁중금중탕, 약선골탕, 궁중화양적, 궁중사삼병, 궁중육색실과, 약선모로계잡탕, 약선오리탕.

현기증을 느낀 종규가 고개를 들었다. 민규가 보이지 않았다.

"세푸는 손님들하고 인사하고 초자연수 세팅한 후에 병원에 좀 다녀온다고 가던데?"

쟁반을 들고 나온 황 할머니가 말했다.

'우어어…….'

종규는 기절 직전까지 치달았다.

"어떡해?"

재희도 발을 구르기는 마찬가지.

병원.

병원이란다. 손가락을 다친 건 종규도 보았다. 그런 형을 어쩌란 말인가?

"해보자."

종규가 결단을 내렸다.

"오빠……."

"시간 없어."

종규가 칼을 집어 들었다. 그 손이 전복을 잡자 재희도 움직이는 수밖에 없었다. 딱히 모르는 레시피는 없었다. 민규와 함께, 혹은 혼자서 연습도 많이 한 메뉴들이었다.

다닥다다!

이글지글!

손이, 팬이, 탕기가 열기를 더하기 시작했다. 종규와 재희는 숨도 쉬지 않고 요리에 몰입했다. 민규가 돌아온 건 요리의 마무리 단계였다.

"잘되는 모양인데?"

시치미를 떼고 간을 보았다. 그러면서 슬쩍 필요한 초자연수들을 혼합해 주었다. 요리는 제대로 진행되고 있었다. 미식가나 진우재 같은 초절정 전문가가 아니라면 넘어갈 만한 수준이었다.

"뭐 해? 기왕 시작했으면 세팅 준비까지 해야지?"

민규가 둘의 정신 줄을 잡아 흔들었다. 잔뜩 긴장하던 종규와 재희가 다시 칼을 잡았다. 절육과 꽃 조각이 나오기 시작했다.

"좋아. 다 됐으면 가져가서 세팅하도록."

"셰프님……."

재희가 울상을 지었다.

"오늘 내가 손을 좀 다쳐서 요리가 조금 미진할 수도 있다고 양해 구했거든. 대신 돈은 반만 받는다고 했더니 좋아들 하시더라고. 그러니까 마음 놓고 세팅."

민규가 둘의 등을 밀었다.

종규와 재희의 정신없는 땜빵(?)은 다음 날까지 이어졌다. 둘은 거의 기절 직전까지 다다랐다. 그러나 정신력으로 버텼다.

지옥이든 천국이든 시간은 가게 마련. 석류양갱과 산삼양갱을 끝으로 둘의 분투는 마감이 되었다.

"우어어."

긴장이 풀린 종규가 주방의 간이 의자에 늘어졌다. 재희 역시 벽에 기대 말라붙은 날숨을 내쉬었다.

"뭐야? 겨우 하루 만에 두 손?"

주방으로 나온 민규가 요리복 소매를 걷어붙였다.

"뭐 먹고 싶냐? 실전 연습 하느라 고생했으니 저녁은 내가 만들어준다."

민규가 둘을 바라보았다. 그 눈빛과 마주친 종규와 재희의 시선이 얼어붙고 말았다. 민규의 왼손… 상처 하나 없이 멀쩡했다.

"셰프님."

"형."

둘이 동시에 외쳤다.

"메뉴 신청하라니까."

"아니… 그거 뭐야? 형, 안 다친 거였어?"

"나? 당연히 안 다쳤지. 내가 초수냐? 칼에 베이게."

"뭐야? 어제 분명히 피를 뚝뚝……."

"그건 오리 피였지. 오리탕 신청한 분이 피도 마시겠다고 해서 준비한 거 몰랐냐?"

"그럼 우리를 속인 거야? 왜?"

"몰라서 묻냐? 연습 시간 준 거지."

"……?"

"연습이란 게 말이다 실전으로 해야 몸이 기억하는 거거든. 그러니까 빨리 메뉴나 불러라."

"형……."

"셰프님……."

종규와 재희 목소리가 떨렸다.

"아, 얘들 진짜… 안 되겠네. 그럼 내 마음대로 간다. 알았지?"

민규가 차려낸 건 골동반이었다. 윤기 좔좔 흐르는 쌀밥에 정갈하게 더한 나물과 고기들이 오늘따라 돋보였다. 그 위에 계란부침을 올리고 참기름과 깨를 뿌림으로써 마무리를 짓는 민규였다.

"먹어라. 어제오늘 고생했다."

"셰프님……."

"바쁜 거 가시니까 긴장되지?"

"네."

"긴장해야지. 참가자가 무려 1,000여 명에 국제 대회 입상자도 다수 참가한다고 하더라."

"……!"

"하지만 쫄지는 말아라."

"네……."

"다른 건 모르겠고 이거 한 가지는 너희 둘에게 부탁한다."

"……."

"입상도 중요하겠지만 나는……."

둘에게 시선을 맞춘 민규가 준엄하게 뒷말을 이었다.

"너희가 입상에 연연하기보다 초빛의 정통성을 보여주기를 바란다."

초빛의 정통성.

민규 말의 방점은 거기에 있었다.

띠익!

버스에 탄 재희가 교통카드를 찍었다. 뒤쪽의 빈 좌석에 앉았다. 저만치로 초빛의 연못이 보였다. 민규는 거기 있었다. 연못가에 홀로 서 내일의 심사를 구상하는 걸까?

"너희가 입상에 연연하기보다 초빛의 정통성을 보여주기를 바란다."

어둠 속에서도 선명한 초빛의 간판처럼 민규의 말이 떠올랐다.

대상!

사실 재희가 꿈꾸는 건 그거였다.

상금은 무려 3천만 원. 금상만 해도 2천만 원이다. 원래는 1천만 원이지만 민규의 기부금 덕분에 조금씩 올라간 상금들…….

탐났다. 하지만 상금보다 값진 게 타이틀이었다. 대한민국 최고의 약선요리사 이민규. 그의 식당에서 요리를 배우고 있는 재희. 그렇다면 스승의 체면을 위해서도 대상을 먹어야 했다. 그건 종규의 입장도 다르지 않았다.

'하지만…….'

다시 민규의 말이 마음을 울렸다. 어쩌면 그건 중요한 암시일지도 모른다는 생각이 들었다.

암시…….

셰프는 뭘 말하고 싶었던 걸까?

"참가자 여러분!"

대회 날인 일요일, 한강공원에 마이크가 울려 퍼졌다. 한강공원에 세팅한 대회장은 그야말로 초대형, 사람과 사람의 바다였다.

대상 예약 한강조리과학고.

천하무적 예승조리대학 조리과학과.

필승 상상대학 조리학과.

입상은 필수, 대상은 선택. 홍삼요리학원.

수상은 우리가 싹쓸이한다. 민족궁중요리연구원.

고개를 들면 온갖 플래카드들이 병풍처럼 보였다.

"상상대학 파이팅."

"한강고 가즈아."

곳곳의 함성도 그치지 않았다.

푸른 하늘과 청명한 강물, 그 한쪽을 흰색 조리복으로 물들인 광경은 한마디로 장관이었다.

취재 나온 기자들도 여기저기 보였다. 문화부가 대대적으로 홍보를 함으로써 뉴스 시간에도 나갈 것 같았다.

참가자 1,033명에 대상 상금 3천만 원. 금상 2천만 원. 은상 1천만 원. 동상 5백만 원. 여기에 본선 진출자 100명 전원에게 장학 격려금 100만 원. 조리고등학교에 다니는 학생들은 대입을 위해, 조리대학에 다니는 사람들이라면 스펙과 경험을 위해 총출동된 모양새였다.

"이 셰프님."

심사 위원석으로 향하던 민규를 막아선 건 남예슬이었다. 오늘의 진행자다. 홍설아와 함께 물망에 오르더니 낙점이 된 모양이었다.

"우와, 그사이에 완전 미녀가 되셨네?"

민규가 웃었다.

“셰프님이야말로 멋진 궁중요리처럼 품격을 더하셨는데요?”

“그래요?”

“이 대회 심사 위원장님이시라길래 제가 기획사에 으름장을 놨어요. 이거 못 따내면 재계약 없다고.”

“하핫, 그랬어요?”

“저 복장 어때요?”

남예슬이 한 바퀴 돌며 자태를 보여주었다. 숙수 복장을 응용해 만든 단아한 원피스였다.

“덕분에 우리가 모두 죽겠는데요?”

“진짜요? 괜찮아요?”

되물으며 얼굴을 붉히는 남예슬.

“최고입니다.”

“끝나고 맥주 한잔해요. 저 오늘 녹화도 없어요.”

“알았습니다.”

약속을 하고 그녀를 지나쳤다. 인사를 챙겨야 할 사람들이 많았다.

“셰프님.”

또 한 사람이 다가왔다. 레이첼이었다. 와우, 소리를 지를 뻔했다. 그녀는 거의 다른 사람이었다. 살이 몰라보게 빠진 것이다.

“저 변한 거 없어요?”

그녀가 영어로 물었다.

"굉장히 건강해지셨는데요?"

"그렇죠? 요즘은 하루하루가 즐겁다니까요."

"축하합니다."

"그래서 달려왔어요. 후밍위안에게 들었는데 셰프님이 나오신다기에……."

"너무 고맙네요."

"얼른 가세요. 바쁘시죠?"

그녀가 길을 비켜주었다. 생기로 가득한 그녀의 얼굴, 보기가 좋았다.

244번 이종규.

319번 강재희.

참가자 무리 속의 두 사람도 응시표를 가슴에 달았다. 끝도 없는 경쟁자들을 보고 있으니 정신이 아뜩해졌다.

"……!"

종규는 사실 넋이 나가 있었다. 청년 궁중요리 대회. 이 정도일 줄은 몰랐었다. 그저 궁중요리에 호기심이 있는 사람들이 조금 참가할 걸로 생각했었다. 그건 완벽한 착각이었다. 총 참가자 1,033명. 그들 중에는 세계조리사연맹 WACS가 개최하는 세계 대회에서 메달을 딴 사람들이 7명이나 포진하고 있었다. WACS 대회 입상은 장난이 아니다. 메달을 따면 스펙으로 인정받고 취업에 연결된다. 일부는 당장 실전에 투입해도 될 사람들…….

게다가…….

"안녕하세요?"

아는 척하는 사람은 차미람이었다. 명기훈 등의 친구들도 모두 출전이었다.

'차미람까지?'

그들의 만만찮은 뚝심을 아는 종규. 그 또한 부담이 아닐 수 없었다.

"대상 놓고 한판 붙어봐요."

그녀가 웃었다. 그들의 목표였다. 차미람과 친구들. 방경환 지점장이 건 옵션이었다. 누구라도 궁중요리 대회에 입상할 것. 대출의 조건이었다. 그러나 그녀와 친구들은 대상을 목표로 삼고 있었다. 이유는 간단했다. 대상을 목표로 노력하면 입상은 무난하다. 하지만 입상을 목표로 하면 입상조차 못 할 수 있었다.

'대상…….'

종규도 내심 그 단어를 품고 왔었다. 궁중요리의 요람 초빛의 부셰프. 민규에게야 댈 수 없지만 어지간한 메뉴는 다 만들 수 있었다. 후각과 미각이 우수해 맛도 기본은 되었다. 그렇기에 입상은 당연지사요, 대상도 가능하다는 자신감이 대회 분위기 앞에서 흔들렸다. 대상은커녕 입상도 쉽지 않을 것 같았다.

"완전 쫄았구나?"

재희 목소리가 실바람처럼 귀를 타고 들어왔다.

"진짜네?"

종규가 반응하지 않자 재희가 옆구리를 건드렸다.

"응?"

"쫄았다고."

"내, 내가 왜?"

"아니면? 그 헐렁한 얼굴 표정은 뭔데?"

"그거야……."

"오빠."

"응?"

"나 이길 수 있어?"

"그거야 당연하지."

"그럼 됐어. 나도 오빠 이길 수 있거든. 우리 서로가 이기는 요리를 만들면 결과는 자연히 따라올 거야."

"너는 안 떨리냐?"

"오빠."

"응?"

"그 생각 안 나? 우리가 병원에 입원했을 때, 폐동맥 고혈압 진단을 받고 폐 이식 기다리던 나날……."

"……."

"그러다가 폐 기증이라는 건 거의 있을 수 없다는 말을 들었을 때… 그래서 결국 하루하루 다가오는 죽음의 그림자를 기다릴 때…….”

“…….”

“난 그때만 생각하면 모든 게 행복해. 그 행복한 마음으로 오늘도 즐기기로 했어. 셰프님 말처럼.”

“입상에 연연하지 말고 초빛의 정통성을 보여줘라?”

“그래. 그러니까 세계 대회 입상자가 왔든 차미람 언니네가 왔든 신경 끄고 실력 발휘를 하자고. 그게 우리가 할 일 아닐까?”

“…….”

“난 자리로 간다.”

“그래, 파이팅.”

“오빠도 파이팅, 하여간 나한테 지면 죽는다.”

짝!

종규 등짝에 불벼락이 일었다. 재희가 후려친 것이다. 그 천둥 벼락이 종규의 긴장을 밀어냈다.

“너도 파이팅.”

종규가 소리쳤다. 목소리가 터지니 남은 긴장도 슬그머니 밀려 나갔다.

재희…….

고맙다.

네가 내 긴장을 날려주었어.

잘해보자, 우리.

종규가 자리를 향해 걸었다. 대회 본부에서 마이크 소리가 울려 퍼졌다.

"참가자 여러분, 각자의 조리대 앞에 자리해 주시기 바랍니다. 곧 대회가 시작됩니다. 참가자 여러분……."

안내와 함께 흰 물결들이 움직이기 시작했다. 단상의 관계자들과 심사 위원들은 이미 착석해 있었다. 5분 이내 자리에 서지 않으면 실격이라는 말이 나오자 흰 물결들이 빨라지기 시작했다.

종규의 조리대는 2조 구역의 중간이었다. 좌우의 참가자들이 보였다. 둘 다 남자였다. 자리를 찾아가던 한 여자 참가자가 그들에게 말을 건넸다.

"선배님들, 좀 살살 해주세요."

"그러지 마라. 우리도 긴장하기는 마찬가지거든."

"에이, 세계 대회 은메달 금메달 받은 실력파들이 긴장하면 우리는요? 선배님들이 다 쓸어버리면 우리 입상 못 하니까 조금만 남겨주세요."

"그래, 네가 대상 먹어라. 파이팅."

"선배님들도 파이팅요."

여자 참가자가 자리를 찾아갔다.

세계 대회 은메달, 금메달…….

어쩐지 조리복과 동작에 관록이 엿보이고 있었다.

얼굴에도 자신감이 가득하다. 경험이라는 것, 소중한 자산이 분명했다. 그렇기에 여유가 있는 것이나. 종규도 어깨를 세웠다.

난 초빛의 부셰프거든. 이제는 더 이상 쫄지 않았다.

4조에 속한 재희의 분위기는 종규와 달랐다. 재희의 조리대는 끝자리. 왼편의 참가자는 여고 2학년이었다.

"언니!"

재희를 보자마자 살갑게 인사를 건네왔다.

"저 알아요?"

"그럼요. 이민규 셰프님의 약선요리집에 계시잖아요? 저번에 행주방 첫 방송에도 함께 나왔고요."

"……."

"옆에서 조리하게 되어 영광입니다. 잘 부탁합니다아."

여고생이 허리를 숙였다. 그녀의 이름은 장지선이었다.

자리가 정돈되자 대회는 빠르게 진행이 되었다.

문화부 장관이 나와 축사를 하고 심사 위원장을 맡은 민규가 인사차 단상으로 나왔다.

"와아아!"

여기저기서 환호가 울려 퍼졌다. 궁중요리 대회다 보니 민규를 아는 사람이 많았다. 어느새 한국 궁중요리의 전설이 되어버린 민규. 그들의 환호에 인사로 답했다.

영부인의 축사가 이어졌다. 영부인은 기꺼이 귀빈으로 참석을 했다. 혼자 온 것도 아니었다. 중국 대사 부인 후밍위안과

프랑스의 사브리나, 영국의 레이첼과 일본의 사야카도 함께 참석을 했다.

내외빈 인사가 끝나자 오늘의 진행자가 나왔다.

"안녕하세요? 남예슬입니다."

남예슬이 단상에 서자 분위기가 환해졌다.

"와아아!"

참가자들과 가족, 지인들이 환호를 했다. 그녀는 어느새 유명 연예인의 반열에 들어 있었다.

"문화체육부의 민족 정기 살리기 이벤트, 청년요리 대회를 시작합니다."

그녀의 멘트가 한강을 울렸다. 참가자들의 눈빛에 긴장감이 돌기 시작했다.

"일단 몸풀기 문제로 출발합니다. 구절판은 궁중음식이다, 아니다? 궁중음식이라고 생각하면 조리대 오른쪽, 아니라 쪽이면 왼쪽으로 서주세요. 시간은 5초 드립니다."

웅성!

남예슬의 속공 진행에 참가자들이 술렁거렸다. 종규는 왼쪽으로 섰다. 구절판은 궁중음식이 아니다. 돌아보니 오른쪽과 왼쪽이 절반 정도씩 되었다.

"구절판… 아름다운 우리 음식이죠. 하지만 정답은 '궁중음식이 아니다'입니다. 오른쪽에 서신 분들은 전부 탈락입니다."

"……!"

남예슬의 한마디가 대회장을 흔들었다. 넋 놓고 있다가 칼 한 번 잡지 못하고 돌아갈 판이니 어이가 없는 것이다. 그때 남예슬의 위로 멘트가 나왔다.

"하지만 그냥 가시면 섭섭하겠죠. 부활의 기회를 드립니다. 골동면은 궁중요리일까요, 아닐까요? 맞다면 오른쪽, 틀리다면 왼쪽에 서주세요."

다시 참가자들이 움직였다. 이번에도 선택은 두 가지였다. 참가자들은 바짝 긴장했지만 남예슬의 멘트가 그걸 풀어주었다.

"하핫, 여러분의 긴장을 풀어주기 위한 몸풀기 문제였습니다. 마음들 정리하시고요, 이제부터 진짜 대회 시작이니 전광판을 봐주시기 바랍니다. 그럼 1라운드 문제, 공개합니다."

남예슬의 멘트에 따라 전광판의 화면이 바뀌었다.

수라상에 올라가는 두 종류의 밥 짓기.

제한 시간 50분.

마침내 1라운드 문제가 나왔다.

"식재료는 각 조별로 앞뒤에 준비되어 있습니다. 그럼 시작합니다."

00:50:00.

00:49:59.

남예슬의 선언에 따라 시계가 움직이기 시작했다.

수라상에 올라가는 두 밥.

그렇다면 흰쌀밥인 백반과 팥물밥, 적두수화취였다. 밥은 수라의 기본, 대회의 성격 자체가 어마어마한 실력의 요리사를 발굴하려는 게 아니라 전통문화를 돌아보고, 우리 것에 대한 관심을 키우는 동시에 청년들의 발산 기회를 주려는 것. 그렇기에 기본에서 출발하고 있었다.

2조의 종규가 움직였다. 4조의 재희도 식재료 칸으로 나가 쌀과 팥을 골랐다. 그 뒤쪽에 차미람이 보였다. 그녀의 움직임은 전에 없이 기민했다.

"어때요?"

단상의 영부인이 민규에게 물었다. 그녀는 장관 옆에 자리하고 있었다.

"여사님 덕분에 많은 사람들이 즐길 수 있게 되었습니다."

"내 덕이 아니라 이 셰프님 덕분이에요."

"제가 무슨……."

"아랍에미리트 왕세제 건에 경복궁 강녕전 흰개미… 저는 이 셰프님의 약선요리가 어디까지 가능한 건지 짐작도 가지 않아요. 게다가 우리 사브리나 모녀도……."

영부인이 사브리나를 돌아보았다.

"맛나게 먹어주는 분들이 계시니 제가 존재할 뿐입니다."

"과연 그런가요? 장관님 말을 들으니 이번 대회에 거액을 쾌척했다고 하던데……."

"엇, 그건 비밀로 하시기로……."

민규 시선이 장관을 향했다.

"미안해요. 하지만 하도 좋은 일이라 영부인과 대화를 하다 보니 나도 모르게……."

장관이 어깨를 으쓱해 보였다. 할 말이 없는 민규였다.

"어헛, 일이 그렇게 되면 우리도 가만있을 수 없지요. 우리도 심사비 받지 않을 테니 그 또한 참가자들 장학금으로 나눠 주시면 좋겠습니다."

민규 옆의 박세가가 의견을 냈다.

"아이고, 그러시면 안 됩니다. 그러면 저희 문화부가 재능 기부라는 명목으로 열정 페이 강요했다고 비난을 받게 됩니다. 제발 한 번만 봐주십시오."

이 차관이 나서 읍소를 했다. 단상의 분위기는 더없이 좋았다.

"그럼 저희는……."

장관과 영부인에게 인사를 한 민규가 자리에서 일어섰다. 위원장이랍시고 폼 잡고 앉아 있는 건 취향이 아니었다. 단상에서 내려와 조리 과정을 살폈다. 심사 위원의 의무이기도 했다. 민규가 일어나자 박세가와 변재순, 진우재, 차만술 등도 뒤를 이었다. 특히 차만술의 표정이 뿌듯해 보였다.

쌀과 팥.

두 재료를 가져온 종규, 쌀을 두어 번 빠르게 씻고 물을 버린 후에 새 물에 담가 불렸다. 붉은팥도 같은 방법으로 씻어 끓는 물에 삶았다. 불판은 두 개를 사용했다. 편수 냄비를 골라 물을 올렸다. 팥이 한소끔 끓어오르자 그 물을 버리고 이미 끓고 있는 다른 냄비에 넣었다. 첫 물은 불순물 때문에 버려야 한다. 뚜껑을 닫았다. 팥이 조금 단단했다. 팥물을 제대로 받으려면 8시간 정도 불려야 할 상황. 그러나 과정을 즐기는 대회이기에 그런 건 문제 삼지 않을 것 같았다.

보글보글!

팥 삶는 냄새가 진동하기 시작했다. 팥이 익는 동안 밥을 할 기구를 골랐다. 왕의 수라는 딱 한 그릇만 짓는다. 숯불 위에 곱돌솥을 올려놓고 은근하게 뜸을 들인다. 숯불의 은근함 위에 곱돌솥의 투박함. 서두름 따위는 낄 자리가 없다. 곱돌솥이 없다면 오지탕관이 꼽힌다. 이는 붉은 진흙을 재료로 약간 구운 다음 오잿물을 입혀 다시 구워낸 질그릇. 그마저도 없다면 무쇠솥이 갑이었다.

곱돌솥은 없지만 질그릇은 있었다. 그걸 잡으려다 옆 참가자와 손이 마주쳤다. 그도 질그릇을 찜한 것이다.

"먼저 쓰세요."

종규가 양보했다. 질그릇은 많았으니 다툴 이유가 없었다. 꾸벅 답례를 한 그가 질그릇을 고르기 시작했다. 무게를 가늠하고 손가락으로 옆구리를 튕겨본다. 질그릇은 여러 종류였으니 더 두껍고 잘 구워진 걸 고르는 것이다. 세계 대회 은메달 입상자다웠다.

'고승진…….'

그의 참가증에 적힌 이름이었다.

보글보글!

팥이 익어갔다. 종규는 냄새로 익은 정도를 확인했다. 아직은, 아직이었다. 주변을 보니 팥을 통째로 넣고 밥을 하는 참가자들이 보였다. 팥밥과 팥물밥을 이해 못 하는 사람들이었다. 나머지 사람들 상당수는 팥물밥에 돌입하기 시작했다.

"……!"

옆을 돌아보던 종규가 흠칫 흔들렸다. 고승진 때문이었다. 그의 질그릇… 여분의 뚜껑으로 눌려 있었다. 팥이 단단하니 압력을 가하는 것. 팥을 더 빨리, 더 잘 삶아내려는 지혜였다.

죽이네.

쿨하게 인정해 주었다. 그와 단둘의 대결이라면 그에게 가점이 될 일이었다. 그 역시 냄새로 팥을 가늠했다. 팥을 꺼낸 그가 손가락으로 비볐다. 잘 뭉개진다. 제대로 삶겼다는 뜻이었다. 그가 조리로 팥을 건져냈다. 모든 동작은 절제가 있었다. 변재순과 차만술이 그를 지켜보고 있었다. 둘은 고개를 끄덕이며 지나갔다.

딸깍!

그의 밥솥 불이 당겨졌다. 그사이에 밥그릇 두 개와 수저를 정갈하게 준비해 두었다. 다음 과정까지 앞서가는 노련함. 마음에 들었다.

종규는 조금 늦었다. 일부 참가자들은 이미 두 밥을 끝낸 사람도 보였다. 그래도 서두르지 않았다. 50분은 아직 끝이 아니었다. 팥을 꺼냈다. 부드럽게 잘 뭉개졌다. 하나를 맛보니 푸근했다. 체에 걸러 팥물을 받고 본격 취사에 들어갔다.

달깍!

종규의 불이 댕겨졌다. 그때 고승진의 불판에서 뭔가가 눈을 차고 들어왔다.

'윽.'

또 한 번 충격을 먹는 종규. 그가 뜸 들이는 광경 때문이었다. 바닥이 얇은 팬이었다. 그걸 불 위에 놓고 밥솥을 올렸다. 고른 화력을 위한 임기응변이었으니 숯불의 은근함을 적용하는 것이다. 이번에는 민규와 장관이 다가왔다. 덕분에 카메라도 붙었다.

"뜸을 들이나요?"

장관이 물었다.

"예."

"독특한 풍경이군요."

"왕의 밥은 본래 곱돌솥에 숯불을 피워 짓는 것으로 알고 있습니다. 곱돌도 숯도 없지만 이렇게 하면 조금은 유사한 밥이 나올 것 같아서요."

"밥이 궁금하네요."

"잠깐만 기다리시죠. 시간이 되었으니 밥을 풀 생각입니다."

그는 정확히 2분 전에 밥을 푸기 시작했다. 백반과 적두수화취가 기막힌 자태로 나왔다. 새하얀 축복 같은 백반과 자주색 꽃이 핀 것 같은 팥물밥. 근처 참가자들을 압도하는 비주얼이었다.

"와아, 밥에 윤기가 좌르르 흐르네요."

장관이 웃었다.

'이 사람이 강자다.'

종규 촉수가 짜릿하게 반응했다.

종규의 밥도 그릇에 담겼다. 종규의 밥도 나쁘지 않았다. 하지만 또 한 점을 뺏긴 셈. 압력과 불판 조절. 뛰는 놈 위에 나는 놈이 둘이나 옆에 있었던 것이다.

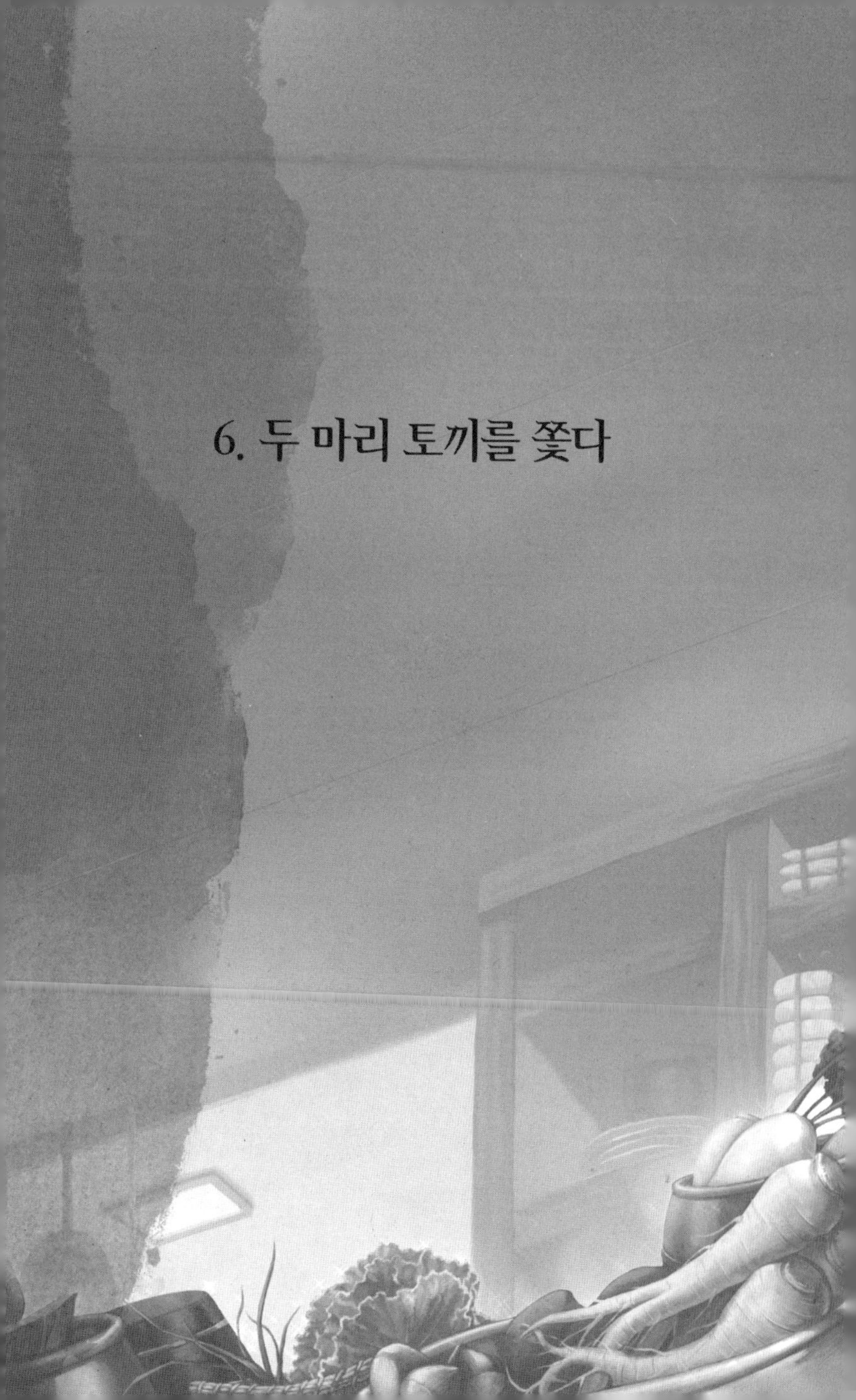

6. 두 마리 토끼를 쫓다

이종규 O
강재희 O

둘은 무난히 1라운드를 통화했다. 차미람과 세 친구도 그랬다. 첫 라운드는 단순히 ○ ×만을 적용했다. 백반과 팥물밥을 지으면 누구나 통과였다. 그러나 팥을 넣어 팥밥을 지은 사람은 탈락. 기타 보리밥이나 수수밥, 현미밥 등을 지은 사람도 탈락이었다. 맛을 보지 않기에 쉬운 요리에 속했지만 호기심에 나온 사람이 많다 보니 절반 가까이 고배를 마셨다.

"1라운드 수라상의 밥 두 종류. 안타깝게도 많은 분들이 탈락의 고배를 마셨습니다. 직접 하신 밥은 가지고 가셔서 응원 온 가족들과 함께 먹어도 됩니다."

남예슬이 장내를 정돈했다. 탈락자들 일부는 자신의 밥을 들고 나갔다. 떨어졌지만 즐거운 얼굴들이 많았다.

"이제 2라운드 돌입합니다. 1라운드는 몸풀기라서 과제에 성공하면 누구나 생존이었지만 이제부터는 심사 방식이 달라집니다. 2라운드 생존자는 100명. 살짝 긴장하시고요, 2라운드 문제, 열어볼까요?"

남예슬이 전광판을 가리켰다. 이벤트의 끝은 4라운드였다. 2라운드까지 100명이 남고 3라운드에서 10명으로 추린다.

이 10명이 최종 4라운드를 거쳐 입상자를 정하는 시스템이었다.

화전 3종.

제한 시간 1시간.

문제가 나왔다.

'진달래, 아카시아, 장미, 배꽃, 도라지꽃, 국화…….'

준비된 꽃은 여섯 종이었다. 이제는 고민이 필요했다. 2라운드의 생존자가 100명이기 때문이었다. 그렇다면 수라상의 밥보다는 까다로운 심사가 진행될 게 분명했다. 식재료 선택부터 신경이 쓰였다. 몇 개를 부칠 것인가? 어떻게 부칠 것인가?

종규는 한 접시 분량을 결정했다. 그러나 고승진은 세 접시 분량으로 보였다. 오른쪽의 금메달 하준표도 마찬가지였다. 둘은 다섯 가지 꽃을 다 집었다.

'3색 화전…….'

종규는 그들의 의도를 알았다. 다섯 꽃으로 세 가지 전을 부친다. 종규 역시 같은 생각을 하고 있었다.

같은 시간 재희 역시 꽃을 골라 담고 있었다. 재희도 다섯 가지 꽃을 골랐다. 하지만 1라운드를 통과한 장지선은 그냥 세 가지였다. 진달래와 장미, 그리고 국화꽃.

식재료는 찹쌀가루에 메밀가루를 택했다. 찹쌀이 나왔다면 물에 불려 건져내고 소금을 넣어 빻아 가루로 내는 과정을 거쳤을 일. 전문적인 요리 대회가 아니다 보니 식재료들은 크게 손볼 게 없었다.

보글!

물을 끓였다. 고승진은 소금을 약간 넣었다. 종규는 넣지 않았다. 끓이는 물에 소금을 넣는 레시피는 시의전서와 부인필지 등의 책에 나오는 방법. 종규는 그 이전의 음식지미방 쪽을 택했다.

꽃의 꽃술을 제거하고 찬물에 넣었다. 오히려 여기에 소금을 미량 풀었다. 염분의 자극이 꽃을 더 싱싱하게 만들기 때문이었다. 물이 끓는 동안 종규는 기본 레시피를 생각했다.

찹쌀가루에 껍질을 벗긴 메밀가루를 조금 섞어 끓는 물로 익반죽—반죽을 한 입 크기의 볼륨으로 동글납작하게 빚고—꽃은 꽃술을 제거하고 물에 담가 생기를 살린 후에 물기를 털고—빚은 반죽에 꽃을 올려 장식—번철에 기름을 넉넉히 투하하고 약한 불에서 살며시 눌러가며 지져서—전이 익으면 뜨거운 상태로 설탕(꿀)을 뿌려 잘 조화되게 한다.

익반죽이다.

익반죽은 간단히 말해 끓는 물로 하는 반죽이었다. 끓는 물로 반죽을 하면 점성이 강화되어 모양을 잡기 쉬워진다. 쌀에는 밀처럼 글루텐 단백질이 없기 때문이었다. 이때의 반죽은 많이 치대줘야 좋다. 그래야 빚을 때 갈라지는 참사를 막을 수 있다.

반죽에 앞서 꽃을 정리했다.

세 사람.

경쟁적으로 다섯 종류의 꽃을 가져왔다. 두 종류는 색을 내기 위한 재료가 될 판이었다. 그게 아니면 하나의 전 위에 복수의 꽃을 올리는 것인데 그건 난잡해 보일 수 있었다. 종규의 짐작은 적중이었다. 양편의 참가자들이 일부 꽃을 끓이기 시작했다.

'젠장!'

종규도 끓였다. 유사한 요리 과정이 되다 보니 기분이 유쾌하지는 않았다. 보라색 도라지꽃에서 보라색 물을 얻고, 장미에서 붉은 물을 얻었다. 국화전을 지질 반죽은 그냥 자연스러운 흰색이었다. 색물을 붓고 반죽을 치댔다. 열심히, 많이 치댔다. 보라, 빨강, 흰색의 반죽이 완성되었다. 금메달의 반죽은 상당한 수준이었다.

은메달 고승진 역시 나쁘지 않았다. 다소 투박한 손길이지만 하나하나의 크기가 일정했다. 반죽을 끝내더니 랩을 둘러 놓는다. 짧지만 숙성까지 시도하는 고승진. 남은 시간에 꽃 장식을 준비한다. 꽃잎 장식은 쑥갓이다. 금메달도 그랬다. 종규 입가에 회심의 미소가 흘렀다. 이번 라운드는 아까 밀린 걸 만회할 수 있을 것 같았다.

자작자작!

화전이 지져지기 시작했다. 한꺼번에 들리는 지짐의 합창이 넓은 한강변을 울렸다. 냄새는 고소하기 그지없었다. 무려 수백 명이 동시에 지지는 것 아닌가? 어떻게 알고 왔는지 중국 단체 관광객들이 사진을 찍기 시작했다. 일본 관광객들도 많이 보였다.

차만술이 다가왔다. 종규 것은 보지 않고 지나갔다. 민규도 그랬다. 하지만 장관은 종규 앞에서 걸음을 멈췄다.

"좋네요."

종규 전을 보고 한마디를 남긴다. 그 말에 고승진이 주춤 반응을 했다. 아까와는 다른 분위기가 나온 것이다.

"마감 시간 5분 전입니다. 이제 접시에 담아주세요. 종료가 되면 조리대에서 뒤로 물러나 주세요."

남예슬이 남은 시간을 알려주었다. 참가자들이 웅성거리기 시작했다. 고승진과 금메달은 이번에도 시간이 임박해서야 세팅을 끝냈다. 시간 조절이 기막혔다.

"……!"

의식적으로 종규 조리대를 바라보던 고승진와 하준표. 미간이 찡그려지고 말았다. 종규의 화전은 한 접시였다. 한 품목에 다섯 개씩, 모두 열다섯 개를 세팅해 놓았다.

—보라색 배경의 진달래 화전.

보라색은 보라색 도라지 꽃물에서 왔다.

—하얀 찹쌀 위의 작디작은 국화전.

—빨강 바탕에 흰 배꽃전.

빨강은 장미를 우려 만들었다.

세 전이 선명하게 눈을 파고들어 왔다.

거기에 비해 고승진의 것은…….

—노란색 바탕에 흰 배꽃전.

—빨강 배경에 보라색 도라지꽃전.

—흰 바탕에 빨간 장미전.

얼핏 보면 비슷한 구성이었다. 그런데…….

결정적으로 다른 게 꽃잎 장식이었다. 고승진의 화전은 쑥갓잎으로 꽃을 부각시켰다. 하준표도 그랬다. 하지만 종규의 화전은…….

'실고추… 미나리… 연잎…….'

한 가지가 아니었다. 대충 올린 게 아니라 정교했다. 진달래 꽃술부터 그랬다. 꽃술을 떼지 않았다면 감점이다. 그러나 종규의 진달래 꽃술은 실고추를 세밀하게 붙여놓았다. 그것으로도 모자라 잣 조각으로 암술과 수술까지 표현했다. 거기에 연잎 조각으로 꽃받침까지 갖춰놓았으니…….

배꽃도 그랬다. 풍성한 배꽃에는 배잎이 선명했다. 그 또한 연잎을 잘라 배나무잎의 일부를 그대로 재현해 놓은 것.

국화는 또 달랐다. 국화 꽃잎을 그대로 쓰지 않고 반의반으로 줄였다. 그것으로 세 송이를 피워놓았다.

즉, 자신의 4분의 1 재료로 소국을 피워놓은 것. 이 또한 생각 없이 한 일이 아니었으니 국화는 쓴맛이 있어 많이 넣으면 좋지 않기 때문이었다.

모든 꽃들은 고승진이나 하준표의 것보다 생생했다. '소금'이 꽃의 생기를 갈라놓은 것이다.

'이 자식 봐라?'

하준표의 눈빛이 달라졌다.

심사 위원단이 지나갔다. 이제는 세 조로 갈라 서로의 구역을 돌았다. 종규의 요리를 심사하는 조는 변재순과 진우재. 그리고 박세가가 추천한 궁중요리 연구원장이었다. 셋은 종규의 화전 앞에 오래 머물렀다. 은메달과 금메달의 미간이 살짝 구겨졌다.

"심사 결과를 발표합니다. 전광판을 주목해 주세요."

심사 위원들의 토의가 끝나자 남예슬의 멘트가 나왔다. 참가자들이 전광판을 바라보았다.

2, 6, 28, 44…….

103, 149, 151…….

243, 244, 245…….

319, 320, 366…….

합격한 번호들이 전광판에 들어왔다. 재희와 종규는 사이좋게 2라운드를 통과했다. 차미람과 친구들 역시 통과였다. 이제 남은 건 102명. 두 명이 초과된 건 동점자가 나온 모양이었다. 장학금 200만 원이 추가로 필요했지만 민규가 심사 위원장 직권으로 받아들였다.

"파이팅!"

"아자아자!"

"지화자, 얼쑤!"

여기저기서 환호성이 터졌다. 조리고등학교나 대학교에 재학 중인 학생들이었다. 일단 100만 원의 장학금을 확보한 것이다. 그건 대학생들에게 큰돈이었다. 이유는 쪼잔함의 극치를 달리는 대학들 때문이다. 그들의 장학금… 말이 장학금이지 30만 원, 50만 원, 70만 원짜리가 널렸다. 머릿수나 많이 채우려는 꼼수 때문이다. 한 학기 등록금 500~700만 원 시대에 걸맞지 않았다. 상아탑이라는 대학조차 장학금은 현실적이지 않았으니 100만 원이 요긴한 그들이었다.

3라운드.

주제는 '청포채'였다. 청포채는 탕평채의 전신이다. 궁중요리인 청포채가 민간으로 흘러가면서 탕평채로 이름이 바뀐 것. 그 이후 탕평채는 갈래가 생긴다. 19세기 말경이 되면서 현재의 탕평채와 유사해진다. 이때부터 돼지고기도 소고기로 바뀐다.

이 돼지고기와 소고기가 102명의 운명을 갈라놓았다. 종규와 재희는 돼지고기 사태를 썼다. 고승진도 그랬다. 재희 옆에서 분투하던 장지선도 마찬가지. 그러나 종규 오른편의 금메달 하준표는 소고기를 가져왔다.

녹두로 만든 청포묵은 준비되어 있었다. 돼지고기 사태를 삶아내고 채를 썰어둔 묵을 미나리, 김 등의 양념에 묻혀냈다. 여기서는 재희의 청포채가 빛을 발했다. 재료 하나하나의 개성을 살리면서 가지런히 묻혀내 생동감으로 압도해 버린 것.

"그럼 최종전에 진출할 본선 진출자 열 명을 발표합니다. 심사 위원장이신 이민규 셰프님께서 심사 평과 발표를 맡아주시겠습니다."

남예슬의 멘트에 이어 민규가 단상으로 나왔다.

"열 명… 고르기 힘들었습니다. 모든 분들의 요리가 아름다웠지만 부득이 열 명을 선택해야 하는 심사 위원들의 고충을 이해해 주시기 바랍니다. 아쉬운 건 두 가지가 있었는데 하나는 재료로 들어가는 소고기와 돼지고기를 혼동했다는 겁니다. 청포채는 돼지고기를 씁니다."

"아!"

참가자들 일부에서 탄식이 나왔다.

"청포채는 초기에 돼지고기를 쓰다가 탕평채로 일반화되면서 점차 소고기를 쓰게 되었습니다. 하지만 청포채가 과제였으니 돼지고기를 써야만 했습니다."

"……."

"또 하나는 역시 구절판과 혼동해 무치지 않고 재료를 따로따로 담아낸 겁니다. 많은 분들이 그런 실수로 탈락의 고배를 마시게 되어 안타까웠습니다."

"아아!"

또 탄식이 나왔다.

"그러나 여기까지 오신 것도 대단하다고 봅니다. 궁중요리를 배우는 한 사람으로서 여러분들이 보여주신 관심과 성원에 진심으로 감사를 드리며 결승 라운드 진출자를 발표합니다."

"……."

"먼저 6번."

"와아아!"

앞줄에서 환호가 일었다. 30대 초반의 주부였다. 그녀 또한 세계 대회 입상자. 어린 딸 목말을 태운 남편이 경중거리며 축하를 보내왔다. 방송국 카메라가 그 모습을 잡았다.

"다음 151번."

"……."

"243번."

종규 옆자리 고승진의 번호가 나왔다. 그는 무심하게 손을 들어 보였다. 결선 진출은 당연하다는 표정이었다.

"244번."

이번에는 종규 번호가 불렸다. 고승진의 입가에는 짧은 냉소가 스쳤고, 저만치의 재희는 박수로 축하를 보내주었다.

"319번."

번호가 확 건너뛰자 금메달 하준표가 휘청 흔들렸다. 그는 어이가 없다는 표정이었다.

"320번, 581번, 613번."

재희 번호가 나오고 차미람의 번호도 나왔다. 차미람의 주먹이 하늘을 찔렀다. 마지막으로 901번이 불려지자 세 친구 중의 하나인 명기훈 역시 쾌재를 불렀다. 차미람 팀은 두 명 생존이었다.

"마지막으로 1011번, 이상입니다."

민규의 발표가 끝났다. 희비가 극명하게 엇갈렸다. 이들 102명은 다들 입상을 노렸던 까닭이었다. 가장 아쉬워하는 건 금메달리스트 하준표였다. 큰 실수는 없었다. 아니, 그의 청포채는 오히려 다른 참가자들에 비해 화려했다. 결과를 이해할 수 없는 듯 그의 눈빛이 파르르 떨렸다.

“그럼 최종 결선을 앞두고 1시간 동안 휴식을 갖겠습니다. 탈락자 여러분들은 자리를 정돈하고 결선 진출자들은 휴식을 취해주시기 바랍니다.”

남예슬이 휴식을 선언했다.

민규는 단상에서 내려와 영부인과 대사 부인들에게 초자연수를 만들어주었다. 긴 시간 동안 자리를 지켜주는 데 대한 보답이었다.

“아유, 피로가 싹 가시네요.”

“원더풀.”

영부인과 대사 부인들 표정이 생생하게 변했다. 그때 한 중년 신사가 민규에게 다가왔다.

“저기, 심사 위원장님.”

“저 말입니까?”

민규가 돌아보았다. 신사가 뒤를 가리켰다. 거기 선 건 하준표였다. 그러니까 신사는 하준표의 아버지였다.

“재가 제 아들입니다. 오늘 심사 기준을 알고 싶어서요.”

하준표 아버지의 목소리에 각이 서 있다. 보아하니 심사에 불만이 있는 얼굴. 아들의 나이 스물셋이 되었지만 헬리콥터를 달고 있었다. 요즘은 이런 청춘들이 흔했다.

너는 공부만 해.

뒤는 내가 책임진다.

그리하여 자식의 일에 매니저거나 해결사처럼 나서는 사람들. 좋은 일이 아니니 영부인과 거리를 두고서 민규가 물었다.

"뭐가 궁금한가요?"

"우리 아들 요리 말입니다. 탈락한 이유가 납득이 안 갑니다."

"몇 번이신가요?"

"245번입니다."

"잠깐만요."

민규가 단상으로 향했다. 진우재가 정리하던 채점표를 확인했다.

"무슨 문제가 있나요?"

눈치를 차린 진우재가 민규를 바라보았다.

"참가자 한 사람이 이의를 제기하네요."

채점을 확인한 민규가 단상에서 내려왔다.

"확인해 보니 245번은 시의전서의 탕평채 레시피를 구현한 작품이더군요? 맞습니까?"

민규가 하준표에게 물었다.

"예."

아들이 한마디로 답했다. 요리하는 것에 비해 대답은 그리 청명하지 못했다.

"오늘 대회 본부가 제시한 건 청포채였습니다. 탕평채는 갈래가 많은데 19세기 이후의 레시피를 따른 것은 변형이 심해 궁중요리로 부적합하다는 기준을 적용했습니다. 이해가 되나요?"

"되지 않습니다."

아버지의 각은 더 날카로워졌다.

"그런 기준은 납득하기 어렵습니다. 공인된 기준도 아니지 않습니까?"

"모든 요리법들이 다 공인되는 건 아닙니다. 하지만 오늘 우리 심사단이 적용하는 건 정설입니다."

"제가 요리 전문가를 좀 압니다. 물어봤더니 동국세시기의 탕평채는 진찬의궤에 나오는 청포채와 레시피가 같다고 하더군요. 그렇다면 청포채와 탕평채는 같은 요리가 아닙니까? 더구나 현재까지 전하는 탕평채는 아들이 재현한 요리와 거의 같은 구성입니다. 오래가는 요리라면 그만큼 좋기 때문에 그러는 거 아닙니까?"

"그 전문가가 누구죠?"

"그건 밝힐 수 없습니다."

"좋습니다. 하지만 현재의 탕평채는 궁중요리가 아니라 후대의 요리서에 전하는 내용이 대중화된 것입니다. 그분에게 다시 확인해 보세요."

"오늘 이 이벤트 성격이 바로 그쪽이 아닙니까? 우리 것을 더 많은 사람에게 알려 생활 속에 녹이려는 것."

“올바르게 알리려는 성격도 있습니다만.”

“심사 위원단의 판단이 옳다는 거로군요?”

“심사 기준입니다.”

“하지만 그 심사 기준은 바르지 못합니다.”

하준표 아버지가 단정적으로 말했다.

“무슨 말입니까?”

“심사 위원장님, 알고 보니 데리고 있던 부셰프들을 참가시켰더군요. 하나도 아니고 둘… 우리 아들 옆의 참가자와 320번 참가자. 아닙니까?”

아버지가 목소리를 높였다. 딴죽을 걸려고 작정하고 온 것 같았다.

“그 두 사람이 나란히 본선에 진출했습니다. 얼마 전 체육계 국가대표 논란을 기억하십니까? 어떤 종목의 감독이 두 아들을 뽑았습니다. 비난이 쏟아졌지요. 요리 대회에서는 합당하다고 생각하십니까?”

“잠깐만요.”

진우재가 끼어들었다. 사태가 궁금해 민규 뒤를 따라온 것이다.

“부모님께서 뭘 오해하고 계신 모양인데 이건 국가대표 선출이 아니라 하나의 축제입니다. 심사 위원장이 참가를 정하는 것도 아니고 누구나 자유로이 참가합니다. 게다가 궁중요리와 약선요리 분야는 바닥이 좁아서 이렇게 저렇게 갖다 붙이면 다 연줄로 연결이 되지요. 여기 온 사람의 3할은 심사 위원의 강의나 지도를 받은 사람들입니다."

"어쨌든 불공정합니다. 심사 위원장의 제자들은 둘 다 본선에 나갔는데 누가 공정성을 의심하지 않겠습니까?"

"그러니까 아버님 말은 심사 위원들이 짬짜미를 해서 특정 참가자를 밀어줬다?"

"그걸 누가 알겠습니까?"

"좋습니다. 채점표를 공개해 드리죠."

진우재가 채점표를 내밀었다. 거기 민규의 채점표가 보였다.

강재희 49점, 이종규 49점, 하준표 80점.

"……!"

점수를 본 하준표 아버지가 소스라쳤다. 채점은 매 라운드 동일했다. 민규는 재희와 종규에게 50점 이상을 주지 않았다. 1라운드 같은 경우에는 종규가 48점이고 하준표가 98점이었다. 이유는 하나였다. 바로 이 같은 오해를 불식하기 위해서. 덕분에 종규와 재희는 10명 중에 9등과 10등으로 턱걸이를 하고 있었다.

"심사 위원장님은 애당초 이런 오해를 우려해 두 참가자에게 좋은 점수를 주지 않았습니다. 알았으면 당장 심사 위원장님에게 사과하세요. 이건 이 행사 주최와 우리 심사단 모두에 대한 모욕입니다."

"뭐 본인은 그렇더라도 다른 심사 위원을 매수해서……."

아버지는 끝까지 입장을 바꾸지 않았다.

"매수?"

"그럴 수도 있지 않습니까?"

하준표 아버지는 생떼를 접지 않았다. 진우재가 핏대를 올리자 민규가 말렸다. 돌발은 어디나 있을 수 있었다. 이걸 잘 무마하는 것도 위원장의 몫이었다.

"따라오세요."

민규가 하준표 아버지 팔을 끌었다. 요리대 쪽으로 나와 테이블을 정리하던 행사 도우미들의 작업을 중지시켰다. 그런 다음 재희의 요리를 가져와 종규의 청포채 옆에 놓았다.

"먹어보시죠. 그런 다음에 얘기 계속할까요."

"먹어보라고요?"

"다른 건 고사하고 먹어서 당신 아들 것보다 맛이 없다면 위원장 권한으로 이 둘을 탈락시키고 당신 아들을 올려 드리겠습니다."

"좋습니다."

하준표 아버지가 젓가락을 집어 들었다. 그러고는 재희 것을 먼저 맛보았다.

"……!"

그의 안면 근육이 꿀럭 경련을 했다. 녹두 맛에 어우러지는 돼지고기의 풍미. 그 풍미를 살려주는 양념의 조화가 미각을 속절없이 흔들어 버린 것. 표정 관리를 할 여유조차 없는 담백함의 폭풍이었다. 다음은 종규 것이었다.

"……?"

이번에는 들었던 젓가락을 놓치고 말았다. 맛의 품격은 거의 같았다. 종규 것은 담백미가 휘몰이로 들어왔다. 목 넘김 후의 여운 또한 깊고 또 깊었다. 마지막으로 아들의 요리를 맛보는 아버지. 그 젓가락을 민규가 중지시켰다.

"……?"

"한 가지는 빼고 맛을 봐야 합니다."

"뭐라고요?"

"궁중요리에 쓰이지 않는 식재료가 들어갔거든요."

"……?"

"당근, 그건 궁중요리에서 쓰지 않는 식재료입니다. 문제 삼을 생각 없었지만 굳이 시시비비를 가리려 하시니 알려드립니다."

민규 말을 들은 아버지가 하준표를 돌아보았다. 하준표의 얼굴은 흙빛으로 변해 있었다. 멋지게 하려는 생각이 앞서 오버를 한 것이다.

"이제 맛을 보시죠."

"……!"

압도당한 아버지의 눈동자가 경련을 했다. 민규가 눈으로 다그치기에 별수 없이 한 젓가락을 집었다. 모양새는 화려하지만 맛은 엉망이었다. 기선을 제압당한 아버지, 휘청거리는 몸을 가누기 위해 요리대에 의지하고 말았다.

"어때요? 아직도 심사 위원들을 신뢰하지 못할 것 같으면 공정성을 위해 기자분들 불러다가 시식을 시킬까요?"

"아, 아닙니다."

아버지가 고개를 저었다. 자칫하면 공개 망신을 당할 판이었다.

"당신 아들……."

민규의 눈이 아버지를 겨누었다.

"세계 대회의 하나에서 금메달을 땄다고 들었습니다. 그렇다면 기본적인 자질이 있는 사람이겠죠. 그런데 왜 이 대회에서는 결선 진출에 실패했을까요?"

민규 목소리는 더없이 준엄했다. 조금 전의 온화한 눈빛은 흔적조차 없었다.

"……."

"그때 당신 아들이 무슨 요리를 했는지는 모르겠습니다. 하지만 이거 하나는 알 수 있습니다. 그때의 당신 아들은 간절했고 오늘은 과시 쪽이었습니다. 나는 세계 대회 금메달이야. 이따위 허접한 대회쯤은 놀면서 해도 대상은 문제없지."

"……."

"아직 셰프로서 한 요리에 일가를 이루지 못한 실력. 그렇기에 마음가짐에 따라 큰 차이가 나는데 당신 아들은, 오늘은 자세부터 글러먹었습니다. 아닙니까?"

"……."

"그리고 문제가 있으면 아들이 직접 이의를 제기해야죠. 언제까지 아버지가 대리로 나설 겁니까?"

"……."

"당신 아들이 어떤 분야의 요리를 전공할지는 모르겠습니다. 그래도 이거 하나는 알아두십시오. 매 요리마다 최선을 다하지 않는 한, 당신 아들은 좋은 셰프가 되기 어려울 겁니다."

"……."

"나가는 곳은 저쪽입니다."

민규의 손이 하준표 아버지의 어깨 너머를 가리켰다. 카리스마가 칼날처럼 서린 손가락이었다. 하준표와 아버지는 개망신 속에 발길을 돌리는 수밖에 없었다.

그렇다면 종규와 재희의 요리. 그렇게도 맛의 진미를 이루었을까? 그건 아니었다. 그 요리에 맛이 깃든 건 민규의 초자연수 처방 때문이었다. 맛을 보라고 하면서 슬쩍 초자연수 비방을 더해놓은 것. 하준표의 요리에는 반대 처방을 더해놓았다. 하준표와 아버지는, 넘볼 수 없는 상대를 건드렸던 것이다.

*　　　*　　　*

"마지막 결승 라운드를 시작합니다."

남예슬이 단상으로 나왔다. 식사를 겸해 휴식을 마치고 최종전에 남은 사람은 10명. 그들은 새로 정렬된 요리대에 나란히 포진했다. 종규는 네 번째였고 재희는 다섯 번째, 차미람은 끝에서 두 번째였다. 카메라가 10명 후보들의 얼굴을 차례로 클로즈업해 주었다.

"이벤트의 의미를 살리고 공정성을 위해 마지막 요리의 주제는 추첨으로 하겠습니다. 장관님, 나와주시죠."

남예슬이 귀빈석을 가리켰다. 장관이 여섯 살 여자아이의 손을 잡고 나왔다. 여자아이가 주먹만 한 공이 든 투명 박스에 손을 넣었다.

꿀꺽!

결선 진출자들이 일제히 마른침을 넘겼다. 결승전이라는 무게가 그들은 긴장 속으로 몰아넣고 있었다. 아이가 공을 잡았다.

왕의 수라상.

주제가 나왔다.

왕의 수라상.

"아, 마지막 과제는 왕의 수라상이 나왔습니다."

공을 받아 든 남예슬이 주제를 확인시켰다. 장관이 선택되지 않은 주제들을 꺼내놓았다.

—승기아탕.

—생선숙편.

—궁중용봉탕.

—궁중칠향계.

—삼색갑회.

나머지 아홉 주제가 밝혀졌다. 참가자에 따라 희비가 오갔다. 각자 잘하는 요리가 다르기 때문이었다.

왕의 수라상.

제한 시간 2시간.

"결승 라운드 재료를 공개합니다."

남예슬의 멘트와 함께 뒤쪽에 세팅된 식재료 포장이 벗겨졌다.

"와아!"

재희 옆자리의 장지선이 입을 떠억 벌렸다. 결선에 올라온 최연소자. 처음에는 재미로 나온 걸로 보았지만 그게 아니었다. 라운드를 거듭할수록 뚝심을 발휘하고 있었다.

재희도 놀랐다. 재료보다 그릇 때문이었다. 방금 전까지는 일반적인 접시와 그릇들이 중심이었다. 그게 싹 바뀐 것이다. 왕의 수라답게 왕실에서 쓰던 형태의 그릇들이 진열장을 메우고 있었다.

'그릇…….'

몇몇 사람은 한숨을 쉬었다. 어떻게 보면 그게 그거 같은 옛날 그릇들. 그러나 엄연히 쓰임새가 다르기 때문이었다.

"식기와 재료 확인 시간 10분 드립니다."

남예슬이 뒤쪽을 가리켰다. 진우재와 박세가 등이 점검을 마친 후였다. 열 명의 진출자들이 뒤쪽으로 나갔다.

대접, 발, 보시기, 종지…….

종규는 이름을 알았다. 재희도 그랬다. 차미람과 명기훈은 그릇 하나하나를 만져보며 궁리에 잠겼다. 장지선은 큼큼 냄새까지 맡는다.

"그럼 시작합니다."

마침내 남예슬이 결승 라운드를 선언했다.

몇몇이 식재료 칸으로 뛰었다. 요리에 따라서는 시간 싸움이 될 수도 있었다.

그러나 종규와 재희, 남예슬, 장지선 등은 움직이지 않았다.

왕의 수라상.

의미 있는 주제였다. 궁중요리 대회다 보니 역시 왕이 주제. 그렇다면 왕의 밥상을 차리는 게 최고의 행사일 수 있었다.

그러나 옵션이 붙지 않았다. 그렇다면 다양한 해석이 가능했다. 조선시대 왕들의 밥상이 시대순으로 변하는 까닭이었다.

왕에 따라 다르기도 했다. 조선의 왕실 식사는 대체로 검소했다. 정조와 영조가 그랬다. 그렇기에 수라상 하면 정조의 7첩반상을 대표로 꼽는 사람이 많았다. 그러나 후대로 내려오면서 7첩반상의 해석도 달라진다. 정조가 받은 7첩반상이 3첩으로 바뀔 수도 있었다. 찬품이 늘어나는 것이다.

종규는 잠시 생각을 정리했다. 재희도 그랬다. 어떤 수라상을 시도하느냐. 정조의 것을 따르면 정통성에 가까워지지만 볼품이 없다. 일반적으로 왕의 밥상이라면 화려하다고 생각하기 때문이었다.

한국인들의 정서가 그랬다. 어디 가서 대접 좀 받을라 치면 상다리가 부러져야 뿌듯했다. 단출한 상을 받으면 왠지 홀대받는 느낌을 받는다. 게다가 옵션이 붙지 않았으니 어떤 것을 시도하든 감점의 사유는 되지 않을 것 같았다.

'정조의 7첩반상…….'

종규는 기본 쪽을 택했다. 민규의 마음을 아는 까닭이었다.

"……."

재희는 아직도 생각 중이었다. 재희의 머릿속에 잠시 상상이 들어와 있었다.

보퀴즈도르.

그곳이었다. 명실상부한 세계 최고의 요리 대회. 대한민국 대표로 그 결선에 올라온 상상이었다. 왼쪽에는 민규가 포진하고 오른쪽에는 종규가 있다. 그러나 상대는 어마어마한 요리 강국 프랑스와 이탈리아, 일본과 미국, 중국 등의 팀.

"요리 시작하세요."

메아리 같은 환청이 귀를 울렸다. 재희는 거기 가고 싶었다. 거기서 민규의 오른팔 역할을 하고 싶었다. 금메달에 기여하고 싶었다. 민규라면, 금메달을 딸 수 있을 거라고 생각했다.

"너희가 약선요리 대회 입상하면 생각해 본다."

민규의 말이었다. 어쩌면 그냥 해본 말일 수도 있었다. 그러나 빌미로 삼을 수도 있었다. 그러자면 여기서부터 입상을 해야 했다. 이벤트 대회에서도 입상하지 못하면 약선요리 대회는 어떻게 입상할까? 동시에 초빛의 실력도 보여줘야 했다.

7첩반상.

어쩌면 여러 참가자들이 시도할지도 몰랐다. 그렇다면 차별화가 필요했다. 다른 사람은 몰라도 민규의 마음에는 들고 싶었다. 그게 재희의 바람이었다.

셰프.

그는 도전을 즐긴다.

그렇다면 도전이었다.

'정조의 7첩반상, 그러나…….'

결단을 내린 재희가 식재료 칸으로 향했다. 순간 옆 조리대에서 폴폴 나는 수증기가 보였다. 돌아보니 장지선이었다. 그녀의 세 불판 위에는 맹물이 올라가 있었다. 하나는 끓고 있고, 또 하나는 끓기 직전, 마지막은 이제 막 올라갔다. 끓는 물을 내려놓은 장지선. 또 다른 물을 올리고서야 식재료를 가지러 출발했다.

물…….

왜 저렇게 여러 그릇에 끓이는 걸까?

생각을 거두고 재료를 골랐다. 앞선 종규는 흰쌀과 붉은팥을 분량 퍼 들었다. 정조의 7첩반상이 틀림없었다. 재희도 흰쌀을 펐다. 팥도 펐다.

'너도 정조의 7첩반상?'

스쳐 가던 종규가 씨익 웃었다. 하지만 그건 착각이었다. 재희의 손은 계속 움직였다. 쌀과 팥 외에 보리와 기장, 찹쌀과 수수, 콩에 밤까지 담아버린 것이다. 왕의 수라 기본은 흰수라와 팥수라. 재희는 대체 뭘 하려는 것일까?

숙채와 침채, 조치를 만들 재료도 골랐다. 민규가 알려준 최상품 고르기 신공을 발휘했다. 앞선 몇몇이 걷 때깔 위주로 골라 간 것과 달랐다. 때깔 좋은 재료를 쓰면 보기는 좋다. 심사 위원들도 거기까지는 신경 쓰지 않을지도 몰랐다. 그래도 고민하지 않았다. 그녀는 지금 종규와 함께 민규의 대리인이었다. 초빛의 대표 선수였다.

"……!"

편육용 고기 칸 앞에서 재희가 동작을 멈췄다. 아까 종규도 그랬다. 편육 재료의 기본은 소, 돼지, 양 그리고 닭이다. 더러 소고기의 내장이나 생선을 숙편으로 할 때도 있었다. 종규가 멈춘 건 닭과 소고기 때문이었다. 고기가 질겨 보였다. 아무리 보아도 그랬다.

질긴 고기를 연하게 만들기.

심사 위원들의 복선일 수 있었다. 육류를 지나쳐 버렸다. 육류를 부드럽게 해줄 산앵두나무가 없었다. 다른 방법도 있지만 그건 양식에서 즐겨 쓰는 것들이라 내키지 않았다. 게다가 어차피 도전이니 요리 구성 자체를 바꿀 생각이었다. 재희의 선택은 생선숙편이었다.

재희가 식재료를 조리대 위에 정돈할 때 장지선도 돌아왔다. 수라에 쓸 쌀은 하나였다. 그 옆에는 우유가 보였다. 우유에 흰쌀이라면 영락없는 타락죽이다.

'죽수라?'

재희의 눈빛이 흔들렸다. 나이로 쳐도 재희보다 어린 장지선. 고등학생치고는 '계속' 제법이었다. 그 옆 테이블은 시의전서의 7첩반상, 또 옆은 9첩 반상으로 보였다. 둘은 세계 대회 입상자들이었다.

정신 차려야겠는걸?

재희의 손이 움직이기 시작할 때 장지선이 끓는 물의 자리를 바꾸었다. 그러고 보니 계속 그랬다. 세 개의 불판에 네 개의 냄비를 올려 시간 차로 끓여대는 것이다. 식으면 끓이고, 끓으면 식히고…….

'맙소사!'

그제야 장지선이 뭘 하는지 알 것 같았다. 그녀가 시도하는 건 백비탕이었다.

백비탕.

궁중에서 임금의 밥을 지을 때는 백비탕을 썼다. 백 번 끓여서 식힌 물이다. 시간상 100번을 끓일 수는 없었다. 하지만 시도한다는 자체가 아름다운 일. 요리는 물맛에 좌우되는 경우가 많으니 밥맛이 좋아질 것은 당연한 일이었다.

'그렇다면…….'

재희도 궁리를 짜냈다. 재희는 감천수였다. 감천수는 생수를 100번 저은 물이다. 그 또한 밥이나 죽에 좋았다. 재희가 물을 젓자 정지선도 젓기 시작했다. 25번 끓여 식힌 물을 100번 젓는 것. 시작하는 자세 하나는 대상을 줘도 모자라지 않을 것 같았다.

보글보글.

자글자글.

요리가 본격적으로 시작되었다. 민규와 진우재, 박세가 등의 심사단이 일일이 과정을 지켜보았다. 사소한 실수는 바로 잡아주기도 했다. 이것은 축제이지 죽기 살기의 대회가 아닌 것이다.

그래도 결선 진출자들의 마음은 달랐다. 그들 모두의 가슴에는 대상이 있었다. 차미람도 그랬다. 그녀는 12첩 반상을 만들고 있었다. 찬품이 늘어나니 숨 쉴 틈도 없었다. 민규가 다가와 요리 과정을 보았다. 그녀는 눈도 마주치지 않았다. 민규를 실망시키고 싶지 않았다. 지점장과의 약속도 지키고 싶었다. 더구나 저 위에는 영부인이 있었다. 청와대에 떡을 납품하러 갔던 날, 영부인이 말했다.

"떡에서 아름다운 도전이 느껴져요. 앞으로도 계속 정진해 주세요."

영부인의 격려는 떡값보다 값진 것이었다.

대상…….

그걸 목표로 밤을 새웠다. 하지만 막상 출전하니 목표가 까마득하게 보였다. 세계 대회 입상자에 종규와 재희… 덕분에 1~2라운드에서는 제정신이 아닌 차미람이었다. 하지만 이제는 괜찮았다. 오히려 마음이 편해졌다.

'친구들 몫까지.'

이미 탈락의 고배를 마신 둘이 저기서 응원하고 있었다. 그들의 뜨거운 마음을 하나하나 요리에 녹여놓았다.

젓수시옵소서!

심사 위원들에게 심사를 받는 수라가 아니라 왕에게 올리는 수라를 만드는 것이다.

그 열기는 종규에게도 고스란히 옮겨 왔다. 다들 다양한 요리를 시도하고 있었다. 종규는 냄새로 알았다. 종규는 '완벽한' 기본에 충실했다. 승부수는 절육과 꽃살 문양 장식이었다. 그동안 재희와 민규 몰래 연습하던 게 있었다. 바로 한국의 전통 꽃살 문양이었다. 경복궁 강녕전에서 만난 이후로 다양하게 찾아낸 전통 꽃살. 민규가 쓰는 수막새나 색동도 떠올랐지만 자신의 것을 써보기로 했다. 정조의 7첩반상을 택함으로써 생긴 여유는 거기에 투자했다.

다닥타닥!

옆자리의 고승진은 칼질이 현란했다. 고기를 두드려 연하게 만드는 것. 그러나 종규는 두드리지 않았다. 배나 파인애플, 키위 등의 방법도 쓰지 않았다. 고승진이 피식 웃었지만 상관없었다. 대신 종규는, 살구씨를 갈아내고 갈잎을 가져다 넣었다. 갈잎은 소고기 정육 아래 깔려 있었다. 갈잎을 살구씨가루와 섞어 쓰면 질긴 고기를 연하게 만든다. 최근에 민규가 쓰는 방식을 어깨너머로 보았던 종규였다.

매화 문양에 꽃살을 오리고 용을 오렸다. 절육으로도 오리고 채소와 과일로도 오렸다.

"마감 10분 전입니다. 출품 준비를 해주세요."

요리대 앞까지 내려온 남예슬이 시간을 주지시켰다.

"5분 전입니다."

5분.

3분.

시간이 흘러갔다.

"종료합니다. 참가자들은 요리에서 손을 떼시고 뒤로 물러나 주시기 바랍니다."

남예슬이 단호하게 선을 그었다.

열 명의 후보와 열 개의 수라상. 출품작은 모두 보자기로 덮여 있었다.

심사 위원과 영부인, 대사 부인들과 장관, 이 차관 등이 수라상 앞으로 나왔다. 화면에 민규 얼굴이 잡혔다. 장관도 나오고 영부인도 보였다. 그 뒤를 이어 참가자들 얼굴이 나왔다. 뼈까지 긴장에 물든 듯한 첫 요리대의 주부에 비해 친구들에게 손까지 흔드는 장지선이 대조적이었다.

수라상은 요리대 순서가 아니었다. 먼저 마친 사람이 먼저 출품했기에 차미람이 1번이었다. 그녀 앞으로 심사 위원들이 다가섰다.

"볼까요?"

진우재가 말하자,

"젓수시옵소서!"

차미람이 공손히 고개를 숙였다.

젓수시옵소서.

그 한마디가 종규와 재희의 심장을 뚫고 갔다. 왕의 수라가 올 때 수라의 책임자 제조가 하는 말. 그녀의 시작은 완벽했으니 시작부터 다른 참가자들의 기선을 제압하고 있었다.

7. 반전의 반전

상보를 벗기자 차미람의 요리가 드러났다. 정조의 7첩반상과는 비주얼이 달랐으니 상다리가 부러지고 있었다.

12첩 반상.

논란이 있기는 하지만 기본 정찬 일곱 가지에 곁들임 찬품이 12첩으로 나와야 12첩 반상이라고 불린다. 정찬은 흰수라 팥수라, 탕, 조치, 찜, 전골, 침채, 장으로 구성된다. 여기에 더운 구이, 찬 구이, 전유화, 편육, 숙채, 생채, 조림, 장과, 젓갈, 마른 찬에 더해 수란과 회가 올라간다. 그야말로 떡 벌어진 한 상인 것이다.

"잎사시를 드립니다."

민규와 진우재에게 수저를 내미는 차미람. 잎사시는 왕의 수저를 가리키는 말이었으니 그 또한 수라에 어울리는 품격이었다.

"이건 어떤 수라죠?"

민규가 물었다. 차미람에 대한 시험이었다.

"조선 후기의 12첩 반상입니다."

"어디에 근거했는지 알 수 있을까요?"

질문이 이어졌다. 결코 닦아세우는 건 아니었다. 온화하게 참가자의 설명을 유도하는 것이다.

"고종의 수라입니다."

"다른 수라와 어떻게 다르죠?"

"보통 7첩반상을 이야기하니 왕보다 황제의 수라라 할 수 있습니다."

"이 수라를 택한 이유가 있나요?"

"조선의 궁중요리는 생각보다 검소하다고 알고 있습니다. 그 대표적인 것이 정조의 7첩반상이죠. 하지만 정조는 조선 '왕'의 신분이었지만 고종은 대한제국의 '황제'였습니다. 옛날에는 왕과 황제의 격이 달랐습니다. 열강의 틈바구니에서 조선의 자주독립을 꿈꾸던 가엾은 황제를 위로하고 싶어 화려한 찬품을 택했습니다."

"……!"

차미람의 설명이 나오자 진우재와 박세가가 출렁거렸다. 진우재는 정통 궁중요리 쪽이다. 박세가는, 지금은 아니지만 민규를 만나기 전까지는 화려한 쪽이었다.

차미람의 설명.

전문적이지는 않지만 공감이 가는 부분이 있었다. 왕을 황제로 호칭한 부분이 그랬다. 고종이 왕이었다면 12첩 반상은 예외가 될 가능성이 높았다. 그러나 황제라면 달랐다. 열강들에게 황제의 위엄을 살리기 위해서도 찬품을 늘려야 했다. 허영이나 과시가 아니라 '격식'에의 접근일 수도 있었다.

"허!"

진우재가 탄식을 내쉬었다. 단어 하나에 뒤통수를 맞은 것이다.

12첩 반상이니 상다리는 부러지기 직전이었다. 혼자 2시간에 차리기엔 무리. 그러나 큰 흠 없이 상차림을 마친 차미람이었다. 흰수라와 팥수라는 흠잡을 데 없었다. 된장조치와 젓국조치의 맛이 조금 떨어지지만 그 또한 봐줄 만했다. 결점은 두 가지가 있었다. 하나는 고기였다. 소고기와 닭고기가 조금 질겼다. 원래도 질긴 고기였지만 찬품이 많다 보니 오래 집중하지 못한 것이다. 또 하나는 대접과 보시기, 쟁첩, 접시 등의 그릇 사용이었다. 용도가 바뀐 게 보였던 것.

"허어!"

뒤에 합류한 심사단이 혀를 내둘렀다. 무리한 도전 같지만 혼신으로 극복한 차미람에게 보내는 긍정이었다. 차미람은 그제야 뼈가 무너질 듯 안도의 숨을 쉬었다.

"호오!"

이번 감탄은 변재순과 권병규의 것이었다. 종규의 7첩반상 앞이었다. 차미람의 것과 비교하면 규모부터 '소박'했다. 하지만 이 7첩반상은 완벽했으니 밥부터 조치까지 더하고 덜할 자리가 없었다. 마치 정조의 7첩반상을 그대로 재현해 놓은 모습이었다.

거기 압권은 절육과 장식이었다. 종규의 혼신은 심사단의 마음을 사기에 충분했다. 당근과 늙은 호박을 깎아 만든 황룡은 왕의 상징으로 부족하지 않았고 다양한 전통 꽃살 문양의 은은함 또한 왕의 수라를 돋보이게 하기에 충분했다.

변재순이 소고기편육을 집었다.

"……?"

부드러웠다. 짐작하던 일이었다. 종규는 왕실의 비법을 알고 있었던 것. 변재순은 종규가 쓰는 비법을 보고 지나갔었다.

"오늘 준비한 고기들이 좀 질긴데 부드럽게 잘 요리했군요. 어떤 방법을 쓴 거죠?"

변재순이 모른 척 물었다. 카메라 때문이었다. 기왕이면 참가자의 입을 빌어 국민들에게 어필하고 싶었다.

"예부터 왕궁에서는 질긴 소고기와 닭고기에 대해 살구씨 가루와 갈잎을 섞어 요리했습니다. 그도 아니면 산앵두나무를 깔기도 했지요. 전자의 방법을 썼더니 부드럽게 나왔습니다."

"옛날에 태어났다면 좋은 대령숙수가 되었겠네요."

변재순이 웃으며 지나갔다.

다음 차례는 고승진이었다. 그의 수라는 시의전서에 나오는 7첩반상이었다. 같은 7첩이지만 종규의 7첩과는 달랐다. 그 또한 조선 후기의 상차림이라 찬품의 가짓수가 많이 늘어나 있었다. 그의 수라는 비주얼이 돋보였다. 왕의 수라에 서양요리 기법을 살짝 더한 까닭이었다. 육류 역시 서양요리의 기법을 동원하고 칼집을 넣어 질김을 해소했다. 심사 위원들은 서양요리 기법을 거슬리지 않게 가미한 솜씨에 공감을 보였다.

이제 재희 차례가 되었다. 상보를 걷으니 수라가 나왔다. 그 또한 정조의 7첩반상에 준하고 있었다. 그러나…….

"……!"

심사 위원들의 눈동자가 커졌다. 재희의 수라는 보기 드문 잡수라였다. 게다가 편육도 생선만으로 채워놓고 있었다.

"이건 뭐죠?"

진우재가 물었다.

"잡곡을 주로 한 잡수라입니다."

"잡수라의 구성을 말해줄 수 있나요?"

"잡수라에는 보리와 기장, 찹쌀과 팥, 수수와 콩에 밤 등이 들어갑니다."

"대개는 흰수라와 팥수라를 하는데 잡수라를 한 이유가 뭐죠?"

"왕의 수라에는 흰수라와 팥수라만 있는 게 아니라는 걸 보여주고 싶었습니다."

"편육은요? 육류는 하나도 쓰지 않았군요?"

"생선숙편 역시 궁중 수라에 자주 오르던 요리입니다. 숙종께서 아주 좋아하셨고요."

"평범 속에서 비범을 찾아냈군요."

진우재가 젓가락을 들었다. 잡수라를 조금 덜어 맛을 보았다.

"잡곡들이 제대로 조화가 되었네요. 저마다 성미가 달라 덜 익거나 더 익을 수도 있는데……."

"그 성미의 특성을 파악해 따로 담그거나 먼저 끓여내 차이를 줄였습니다."

"아까보니까 물도 감천수를 만들던데?"

"제 옆의 참가자는 백비탕에 감천수였습니다. 저는 제 할 정성만 다했습니다."

재희의 설명이 끝났다. 그 뒤로 세계 대회 입상자들과 명기훈의 차례가 지나갔다. 이제 남은 건 최연소인 장지선 하나뿐이었다.

죽수라!

장지선의 수라가 공개되었다. 그 또한 궁중의 수라였지만 흔하지 않았다. 그렇다면 죽수라는 어떻게 차릴까? 죽에 장과 소금, 물과 수저를 놓으면 끝일까? 그랬으면 좋겠지만 장지선의 죽수라는 7첩반상과 크게 다르지 않았다. 침채에 찌개, 마른 찬에 다시마부각…….

마른 찬 또한 보통 비주얼은 아니었다. 무려 건대구 보푸라기를 만들어놓은 것이다.

죽수라도 초조반상, 즉 이른 아침에 차려질 경우에는 침채와 찌개, 포, 다시마 자반 등과 함께 차려진다. 밥수라와 찬과 구색이 거의 같았다.

이 심사의 선두는 민규와 박세가, 그리고 권병규였다. 세 사람의 눈은 그릇에 꽂혔다. 장지선의 상차림은 완벽했다. 그릇이 그랬다.

보시기에는 찌개를 담았고 쟁첩에는 나물을 담았다. 죽은 따뜻함을 유지하기 위해 보온용 발에 들었고 장 종류는 어김없이 종지에 있었다. 그 위치 또한 죽수라를 중심으로 격식에 맞춰 세팅이 되었다. 장식이나 고명의 화려함은 재희와 종규에 비할 바가 아니었지만 역사 속 왕의 죽수라를 맞이하는 기분이었다.

또 하나의 포인트는 휘건이었다. 아무도 시도하지 않은 휘건을 가지런히 놓은 것. 휘건은 입이나 손 등을 닦는 용도로 쓰인다.

그러나 요리는 역시 맛.

연장자 박세가가 먼저 맛을 보았다.

"오!"

그가 권병규를 돌아보았다.

"제대로인데요?"

권병규도 공감.

이번에는 민규가 시식을 했다.

"……."

민규의 표정도 둘과 비슷했다. 백비탕에 감천수를 더해 죽물을 잡은 그녀의 타락죽은 제대로였다. 혀가 풀리고 위가 편안해지는 게 아닌가? 민규의 젓가락이 침채로 건너갔다. 배추로 만든 침채. 기특하게도 된장과 달인 간장, 소금과 들기름으로 조미를 맞췄다. 진하게 달인 간장이 배추 풋맛을 잡고 된장의 푸근함이 받침이 되면서 즉석 침채치고는 순도가 높은 요리가 나온 것이다. 그녀는… 평범한 고등학생이 아니었다.

"허어, 내가 일찌감치 일선에서 한 발 빼기를 잘했군."

박세가가 혼자 웃었다.

"수고했어요."

박세가를 필두로 결선 진출자들과의 악수가 시작되었다. 박세가가 선두인 건 민규의 배려였다. 모양새는 위원장이지만 박세가가 원로. 공식적인 게 아니면 그를 앞세워 대우하는 민규였다.

"여러분, 수고하셨습니다. 마침내 심사가 끝났습니다."

남예슬의 멘트가 나왔다. 심사 위원들은 단상에 모여 수상자에 대한 의견을 나누고 있었다.

대상 1명 3천만 원.

금상 1명 2천만 원.

은상 1명 1천만 원.

동상 1명 5백만 원 해서 총 6천5백만 원. 원래는 4천7백만 원이었지만 장관의 배려로 2천만 원 가까이 올라간 상황이었다.

심사 토의는 조금 오래 걸렸다. 채점표는 진우재와 박세가의 확인을 거쳐 민규에게 건네졌다. 민규가 그걸 들고 장관에게 향했다. 장관과 함께 수상에 대해 의논을 나누었다. 이 차관과 이벤트 담당관도 함께했다. 장관이 심사 결과에 대한 확인을 마쳤다. 민규가 물러났다. 그때 영부인이 장관을 불렀다. 영부인이 뭔가를 제의했다.

"그럼……."

영부인에게 목 인사를 한 장관이 단상으로 나왔다.

"여러분, 고생들 많으셨어요."

짝짝짝!

장관의 말이 나오자 결선 진출자들이 박수로 맞이했다. 병풍처럼 둘러선 가족과 친구들도 박수에 동참했다.

"요리가 너무 훌륭해서 우리 모두가 감동을 했어요. 이민규 심사 위원장께서도 그 말을 꼭 해달라고 당부를 합니다. 원래는 위원장님의 심사 평도 들어야 하는데 여러분이 너무 오래 고생했다고, 생략하고 발표부터 해달라고 하네요."

장관이 민규를 돌아보았다. 민규는 눈빛으로 응대를 했다.

"그럼 발표합니다. 먼저 동상입니다.

장관이 메모지를 보며 번호를 확인했다.

"참가 번호 6번, 이수란!"

"까아아!"

첫 요리대에서 분투하던 젊은 주부가 환호를 했다.

뒤에 있던 남편이 딸의 등을 밀었다. 어린 딸이 달려와 엄마 볼에 뽀뽀를 작렬해 주었다. 방송 카메라들이 그 장면을 놓치지 않았다.

"다음은 은상으로 갑니다."

장관이 메모지를 넘겼다.

"참가 번호."

잠시 뜸을 들인 장관이 벼락처럼 뒷말을 이었다.

"901번 명기훈!"

"우워어!"

비명과 함께 명기훈이 주저앉았다. 은상을 먹었다. 딴에는 대상을 노렸지만 발표가 시작되니 불안이 증폭되던 순간이었다. 그런 차에 호명이 되니 더할 나위 없이 좋았다.

"잘했어. 축하해."

옆에 있던 차미람이 따끈한 격려를 보내왔다.

"미람아!"

"기훈아!"

둘은 얼싸안고 입상의 기쁨을 누렸다. 지점장과의 약속 때문에 더욱 노심초사했던 둘. 명기훈이 일단 은상을 먹었으니 마음을 놓게 된 것이다.

"기훈아, 아, 이 짜식!"

요리 공간 밖에 있던 친구 둘이 몸을 날려 왔다. 넷은 어깨동무로 겅중거리며 기세를 올렸다.

"웍워우웍!"

발구름이 지구를 흔든다. 세상을 다 가진 그들이었다.

"보기 좋네요. 다음은 금상입니다."

은상까지 끝나고 금상 발표. 남은 사람들은 눈조차 깜빡이지 않았다. 종규도 재희도 그랬다. 어쩌면 이 순간이 없었으면 좋겠다는 생각까지 들었다.

"금상은 참가 번호 243번, 고승진."

호명과 함께 고승진이 두 팔을 번쩍 들어 보였다. 세계 대회 입상자인 그. 얼굴은 웃지만 썩 만족스러운 표정은 아니었다.

"그럼 이제 대상으로 갑니다. 오늘의 대상 요리의 주인공은……."

"……."

장관의 말에 모두가 숨을 죽였다.

대상…….

누굴까?

재희일까?

종규일까?

종규와 재희는 서로 다른 생각을 했다. 민규처럼 압도적인 건 아니지만 최고의 수라상을 선보인 두 사람. 둘 다는 아니지만 둘 중 한 사람의 수상을 꿈꾸고 있었다.

그런데…….

문득, 종규 마음에 불길한 생각이 들어왔다.

만약…….

만약 종규와 재희 생각이 맞다면, 높은 수준의 수라상 구현이 먹혔다면… 금상에 둘 중 하나가 들어갔어야 옳았다. 하지만 들어가지 않았다. 그렇다면 유추가 가능한 건 대상의 공동 수상이거나 둘 다 탈락… 생각이 거기에 이르자 가슴이 철렁 내려앉았다. 대상이 공동 수상일 리는 없었다. 그렇다면?

순간…….

"아, 대상이 공동 수상으로 나왔습니다."

장관의 멘트가 종규의 귀를 뚫고 들어왔다.

공동 수상.

공동 수상이라고?

종규와 재희의 눈빛이 허공에서 마주쳤다.

종규 주먹에서 땀이 배어 나왔다. 재희의 땀은 등골이었다. 마지막 남은 대상. 다행히 공동 수상의 멘트가 나왔다. 그렇다면 대상은 당연히 재희와 종규? 상상이 멈추기도 전에 장관의 발표가 나왔다.

"첫 번째 대상 수상자, 참가 번호 319번 장지선."

"와앗!"

재희 뒤에 있던 장지선이 펄쩍 뛰었다. 죽수라로 심사 위원들의 관심을 받았던 당찬 최연소 여고생 장지선. 왕의 죽수라를 사실에 가깝게 재현한 솜씨로 대상을 거머쥐는 순간이었다.

"장지선, 장지선!"

뒤에서 뜨거운 연호가 나왔다. 그녀의 고등학교 친구들이었다.

"……!"

종규와 재희는 멘붕이었다. 공동 수상을 기대했지만 결과는 어림없이 빗나갔다. 이제는 둘 중 하나의 입상도 쉽지 않을 것 같았다.

'나의 셰프님…….'

재희의 시선이 민규를 향했다. 최선을 다한 한판이었다. 민규의 말에 따라 입상에 연연하지는 않았다. 그러나 완전히 신경을 끊은 것도 아니었다. 어쩌면 재희와 종규, 그 두 마리 토끼를 다 잡고 싶었는지도 모른다. 그사이에 장관의 발표가 이어졌다.

"대상, 참가 번호 613번 차미람!"

차미람.

"와아아!"

다시 네 친구들이 함성을 울렸다. 세 남자들은 차미람을 번쩍 들어 올려 헹가래를 쳤다.

짝짝!

종규도 박수를 보내주었다. 재희보다 먼저 정신 줄이 돌아왔다. 아쉬운 한판이었다. 그러나 최선을 다했기에 미련은 없었다.

"입상자 여러분, 다시 한번 축하합니다. 멋진 수라상을 차려주신 입상자들에게 다 같이 격려의 박수를 부탁합니다."

장관이 마무리 멘트를 냈다.

짝짝짝짝짝짝!

박수가 한강을 물들였다. 오래오래 그치지 않았다.

"섭섭하냐?"

종규가 재희를 바라보았다.

"좀 그러네."

"어쨌든 우리는 무승부다."

"그것도 그러네."

"웃어라. 언제는 병상에 있을 때 생각하자더니……."

"그것도 그러네."

"형은 우리 이해할 거야."

"그건 두고 봐야 알 거 같고……."

재희가 맥없이 웃었다. 최선을 다한 사람은 후회하지 않는다. 그 말을 곱씹었지만 허전한 건 사실이었다. 그때 단상의 장관이 다음 메모지를 꺼내 들었다.

"여러분, 아직 끝난 게 아닙니다. 오늘 영부인과 주요 국가 대사 부인들께서 참관차 오셨는데 외국 대사님들 부인들께서 여러분의 요리에 반해 특별상 두 사람을 뽑아 금일봉을 주겠다고 합니다. 뜻깊은 일에 뜻깊은 제안이라 저희가 받아들였는데 이분들이 소문난 미식가에 요리 전문가들이라 직접 두 사람을 선정했다고 합니다."

"……?"

출연자들의 환호가 멈췄다. 특별상이란다. 금일봉도 준단다. 게다가 미식가들이란다. 여러 가지 조건이 출연자들의 호기심을 불러일으켰다.

"직접 나오셔서 발표해 주시죠."

장관이 대사 부인들을 돌아보았다. 후밍위안이 사브리나를 밀었다. 나서기 좋아하는 후밍위안이 조금 겸손해져 있었다.

"안녕하세요?"

사브리나가 마이크를 잡았다. 한국어 발음도 그리 나쁘지 않았다.

“오늘 여러분의… 수라상 요리에 진심으로… 반했습니다. 아름다운… 한국의 요리를 체험할… 기회를 주셔서 고맙습니다. 오늘… 우리가 뽑은 두 개의 수라상은…….”

사브리나, 띄엄띄엄한 한국어로 메모의 이름을 확인하더니 바로 발표를 했다.

“244번 요리와 320번 요리입니다.”

“억!”

종규 목에서 신음이 기어 나왔다. 재희 역시 확장된 눈을 수습하지 못했다.

“뭐 해요? 두 분이 뽑혔다잖아요?”

차미람이 다가와 종규와 재희의 등을 밀었다. 그제야 제정신 속으로 돌아가는 둘이었다.

“우리?”

재희가 종규를 바라보았다.

“그래요?”

종규가 차미람에게 되물었다.

“그래요. 두 분이 뽑혔어요. 특별한 수라상으로요.”

“악!”

재희가 무너졌다. 손으로 눈을 가린 채 주저앉은 것이다. 종규 역시 그 옆에서 망부석이 되었다. 입상보다 정통요리 쪽으로 가닥을 잡고 최선을 다한 요리. 그러나 입상하지 못한 상황. 위로받을 길 없는 최선에 허전하던 참이었다. 그 허전함을 반전으로 메워주는 특별상. 대상보다 더 감격적인 수상이었다.

"오빠."

"재희야."

"아아앙!"

재희가 폭풍 통곡을 터뜨리며 종규 품에 안겼다. 재희를 안은 채 종규는 단상의 민규를 바라보았다. 민규가 끄덕 고갯짓으로 답했다.

잘했다.

민규 눈에서 별처럼 속삭이는 한마디였다.

"대상, 차미람. 대상, 장지선."

호명과 함께 시작된 시상식. 차미람과 장지선이 사이좋게 나갔다.

"특별상, 강재희, 이종규."

재희와 종규도 나갔다. 심사 위원들 전부와 악수를 했다. 특별히 대사 부인들과도 악수를 나누었다.

"원더풀."

"내가 심사 위원이었으면 두 분이 대상이었어요."

레이첼에 이어 사브리나가 속삭였다. 그 또한 재희와 종규에게는 더없는 뿌듯함이었다. 민규는, 담담한 미소로 악수만 해주었다.

짝짝짝!

모두의 박수와 함께 광풍 이벤트가 마감되었다. 가장 행복한 사람은 차미람과 친구들이었다. 그들은 대상 이상의 것을 얻었다. 대출 때문이 아니었다. 자기 자신의 무궁한 가능성을 확인한 것이다. 또 한 사람은 장지선이었다. 여고 2학년의 몸으로 쟁쟁한 실력자들을 물리친 관록. 나중에 알았지만 그녀는 변재순의 제자 중 한 사람이었다.

"뭐야? 겨우 번외상 받고 헤벌쭉?"

가방을 챙길 때 민규가 다가왔다.

"형."

"셰프님."

"소감 어떠냐?"

"우리 소감 말고 셰프님 소감을 듣고 싶어요."

재희가 말했다. 입상보다 더 궁금한 게 민규의 평가였다.

"뭐야? 입상도 못 한 주제에 위원장 평을 원해?"

"저희 그 정도였어요?"

"아니면?"

"그래도 최선을 다했다고 생각했는데……."

"그럼 어깨 펴야지. 어깨가 그 모양인데 누가 그 말을 믿겠어."

"셰프님."

"대상!"

"네?"

"나랑 같이 있지만 않았다면 대상감이었다. 그렇게 보면 나 때문에 대상을 도둑맞은 셈이지."

"정말요?"

"그래. 내 채점표다."

민규가 종이를 건네주었다. 매 라운드별 점수가 적혀 있었다. 전부 48점 아니면 49점, 50점이었다.

"에, 100점 만점인데 이 점수면……."

재희가 울상을 지었다.

"내 만점은 50점이었거든. 너희가 대상 먹으면 내 제자들이라고 문제를 제기할까 봐 너희 건 그렇게 채점했다. 그러니 대상을 받을 수 있을 리가 없잖아."

"그래서 특별상이라도 밀어주신 거예요?"

"아니, 그건 나도 모르는 일이었어. 그분들이 영부인을 졸라 장관님께 요청한 거라고 하던데?"

"진짜죠?"

"당연하지. 어쨌든 내 마음속의 대상은 너희 둘이었다. 초빛의 정통성을 발휘해 줘서 고맙다. 특히 종규, 손가락이 근질거렸을 텐데……."

"헤헷, 좀 그렇긴 했지. 하지만 어쩌겠어? 나 혼자 튀어서 이기면 재희가 인정하지 않을 테고."

"그렇게 했어봐. 오빠는 나한테 죽음이야."

재희가 종규에게 주먹을 겨누었다.

“그나저나 종규, 너 꽃살 문양은 어디서 배운 거냐?”
“마음에 들어? 나도 따로 필살기 하나 준비 좀 했지.”
“재희의 잡수라도 멋진 반전이었다. 재료의 조화도 멋졌고.”
“고맙습니다아.”
재희가 꾸벅 고개를 숙였다.
“자자, 더 자세한 얘기는 나중에 하고 너희들 먼저 가야겠다. 나는 장관님에 영부인님 잠깐 뵈어야 하고 심사 위원들하고 뒤풀이도 있어서……”
“알았어. 우리도 금일봉 있으니까 염려 마.”
종규가 봉투를 흔들었다.
“다행이다.”
민규가 멀어지자 재희가 숨을 골랐다.
“형이 인정해서?”
“응, 나는 그거면 됐어.”
“흐음, 그런데 이제 보니 오늘은 내가 이긴 거 같은데?”
“왜?”
재희가 눈매를 바짝 세웠다.
“못 들었냐? 형이 내 꽃살 문양 극찬하는 거.”
“그게 극찬이야? 그리고 내 잡수라도 칭찬하셨거든.”
“에이, 그건 그냥 의례적인 거고.”
“그럼 다시 한판 붙을까?”
재희가 팔을 걷고 나섰다.

"야야, 됐다. 나 지금 방전 직전이거든? 그러니까 우리도 어디 가서 맛있는 요리 좀 먹자. 금일봉 받았으니까 내가 쏠게."

"쳇, 나도 받았거… 악!"

봉투를 열던 재희가 소스라쳤다. 안에서 나온 돈 때문이었다. 수표의 동그라미… 무려 일곱 개였다. 그러니까 1,000만 원짜리 수표가 금일봉으로 온 것이다.

"우워어!"

금액을 몰랐던 종규도 몸서리를 쳤다. 금일봉이라기에 백만 원 정도로 알았다. 대사 부인들이 네 명이었으니 100만 원씩 넣었대도 400만 원이려니 했었다. 그런데, 그런데…….

'셰프님…….'

재희 눈에 눈물이 고였다. 모든 게 민규 덕분으로 보였다. 민규의 말대로 초빛의 정통성을 살렸다. 그랬더니 보답이 따라왔다. 그게 또 감격스러운 재희였다.

"아, 저 울보… 하여간 대책 없다니까."

종규는 괜한 질책을 쏟아냈다.

* * *

"선배님."

민규가 본부석 뒤의 대기실로 향할 때였다. 그 입구에서 차미람과 명기훈 등이 두 팔을 흔들었다.

"어, 너희들… 다시 한번 축하한다."

"고맙습니다."

차미람과 일당들이 화답을 했다.

"보기 좋은데?"

"다 선배님 덕분이에요."

"내가 뭘?"

"지점장님 말이에요, 그분을 연결해 주신 덕분에 저희가 죽기 살기로 준비했거든요. 그렇지 않았으면 대충 덤벼보고 말았을 거예요."

"그거야 지점장님 혜안이지. 나야 뭐……."

"아무튼 고맙습니다. 덕분에 저희들 실력이 불쑥 늘어난 거 같아요. 자신감도 빵빵하고요. 그래서 지점장님이 대출 안 해주신다고 해도 고맙다고 인사드리려고요."

"오, 대상 먹더니 시야가 확 트였는데?"

"바쁘시죠? 얼른 들어가 보세요. 저희가 곧 인사드리러 갈게요."

"그래. 원래는 내가 한턱내야 하는데… 다음에 보자."

"네, 선배님."

차미람과 일당들이 인사를 두고 멀어졌다. 자신감이 팽팽하니 뜨거운 태양이 걸어가는 것 같았다. 지점장이 새삼 고마웠다. 그냥 덜컥 대출을 주었더라면 저런 자신감은 갖지 못했을 일이었다.

흠흠!

목을 가다듬고 대기실 문을 열었다. 안에는 영부인과 장관이 기다리고 있었다.

"고생 많았어요."

영부인이 손을 내밀었다.

"아닙니다. 오랜 시간 함께해 주셔서 감동이었습니다."

민규가 답했다.

"감동은 내가 할 말이에요. 우리 젊은이들이 우리 것에 이렇게 관심이 많은 줄 몰랐어요. 나름 긴 시간이었지만 얼마나 뿌듯했는지 몰라요. 대사 부인들도 다들 부러운 눈치더라고요."

"네……."

"오늘 자극을 받았는지 자기들 나라에도 건의를 하겠다고 하더라고요."

"……."

"하지만 미안해요. 특별상은 심사 위원장을 맡은 셰프님과 미리 상의를 했어야 했는데… 그들이 돌연 제의를 하는 바람에……."

"괜찮습니다만 공교롭게도 두 수상자가 제게 요리를 배우는 친구들이라……."

"오해 마세요. 그분들은 그런 사실조차 모르고 오직 요리만으로 결정한 거니까요."

"예……."

"아무튼 대단해요. 이번 대회에 무려 1억을 쾌척하셨다고요?"

"부끄럽습니다."

"아뇨. 부끄럽다뇨? 그건 이 나라 지도층들이 느껴야 하는 거예요. 다들 국가나 국익을 팔아 자신의 영달만 좇고 있지 국익에 도움이 되는 일은 하지 않고 있잖아요."

"……."

"저도 자극받았어요. 해서 대통령님께도 건의할 생각이에요."

'건의?'

"대통령님의 전 재산을 사회에 환원하는 거 말이에요. 우린 돌봐야 할 자식도 없고, 퇴직하면 죽을 때까지 전직 국가원수로서 연금과 혜택을 받아요. 그런데도 대통령이 결정을 못 한단 말이에요."

"여사님……."

"괜한 말 아니에요. 오늘내일 결정 내리진 못하겠지만 지켜봐 주세요."

"……."

"대통령님께 따져야 할 일이 또 하나 있는데 이 셰프님에 대한 거예요."

"저요?"

"기다리는 동안 기자들과 이야기를 나눠봤는데 새로운 사실을 알았어요."

"……?"

"이 셰프님, 얼마 전에는 어마어마한 거액을 어린이 재단에 기부하셨다고요?"

"……!"

영부인의 말에 민규 눈빛이 튀었다. 기밀로 해달라고 한 사안이 새어 나간 것이다.

"미안해요. 내가 영부인의 권세를 좀 부렸어요. 확인차 거기 간사님과 통화를 했는데 처음에는 딱 잡아떼다가 털어놓더군요. 제가 부끄러워 몸 둘 바를 모를 지경이었어요."

"여사님, 죄송하지만 그 일은 공개를 원하지 않습니다. 이미 아셨다니 어쩔 수 없지만 두 분만 아시고……."

민규가 영부인과 장관에게 요청했다. 그 표정은 단호했다.

"셰프님."

"특별한 요리로 인한 특별한 수입의 기쁨을 나눈 것뿐입니다. 우리 옛말에 기쁨은 나누면 커진다는 말이 있지 않습니까? 저는 요란한 스포트라이트 없이 그저 요리에 전념하고 싶을 뿐입니다."

"좋아요. 그건 비밀로 해드리죠."

"고맙습니다."

"대신 이거 하나는 허락해 주셔야겠어요."

"말씀하십시오."

"대통령님께 셰프님의 상을 하나 요청해야겠어요."

"저는 괜찮습니다, 여사님."

"셰프님은 괜찮은지 모르지만 나는 안 괜찮아요. 대사관 만찬을 시작으로 크고 작은 기부와 궁중요리 전승 활동, 거기에 문화재 보호까지……."

"요리를 하다 보니 부수적으로 나온 결과에 불과합니다."

"아뇨. 그건 지나친 겸손이에요. 셰프께서 그런 활약을 하는 동안 국가가 아무런 보답도 하지 않았다니 얼굴이 화끈거려 바로 바라보지를 못하겠네요. 아랍에미리트 왕세제 같은 경우에는 국익에 큰 도움까지 되었는데……."

"여사님."

"훈장을 받을 수 있도록 하겠어요. 요리계 원로들의 의견도 그렇고… 장관과 상의해서 함께 내린 결론입니다."

"훈장이라고요?"

"네, 훈장!"

영부인의 대답에 힘이 들어갔다. 국모의 위엄이 팽팽하게 서린 목소리였다.

8. 살구떡 행병

훈장.

그 단어가 민규 귀를 관통하고 지나갔다. 상상치도 못한 제안이 나온 것이다.

"여사님."

마음을 다스린 민규가 조용히 입을 열었다.

"배려가 진심으로 고맙습니다."

"배려가 아니라 국모로서의 의무와 책임이기도 합니다."

"그렇다면 그 제의를 기꺼이 받아들이겠습니다. 영광입니다."

"셰프님."

"훈장을 약속하신 겁니다."

"네, 우리 대통령께서도 결코 외면하지 못할 겁니다. 그동안 셰프님의 활약이 눈부실 정도니……."

"그렇다면 이제, 제가 부탁을 하나 드려도 될까요?"

"말씀하세요. 무엇이든……."

"그 훈장은 진우재 선생에게 수여하시길 부탁합니다."

"셰프님?"

영부인의 표정이 돌연 구겨졌다. 잘 나가던 이야기가 새고 있는 것이다. 하지만 민규의 입장에서는 새는 게 아니었다. 오히려 새는 이야기를 바로잡는 쪽이었다.

"진우재 선생… 홀로 한국 궁중요리의 원형과 정통성을 바로잡는 데 고군분투한 사람입니다. 지금은 그분의 주장이 먹히는 쪽으로 분위기가 조금 바뀌었다지만 그 또한 그분이 이룬 공이지요. 고려와 조선의 역사서, 그림 등을 뒤져 요리의 맥을 이어온 노력은 애달프기까지 합니다. 그런 노력들은 그분이 발간한 서적에 고스란히 녹아 있습니다. 제 요리에 혼신이 서렸다지만 그분의 혼신과는 댈 것도 아닙니다."

"하지만 이건 셰프님을 위한 훈장이에요."

"그분이 받아야 합니다. 오랜 시간 음지에서, 때로는 제도권을 장악한 사람들에 의해 비웃음과 멸시를 감당하면서까지 버텨온 신념입니다. 그런 노력이 보상받지 않으면 누가 민족의 얼과 정기를 위해 노력하겠습니까? 제 요리의 화려함보다 그분의 피땀 어린 분투가 더 아름답습니다. 일의 선후로 보아 그게 먼저라고 봅니다."

"셰프님."

"언젠가 말씀드리고 싶었던 일인데 마침 말이 나왔습니다. 부탁드립니다."

의자에서 일어선 민규가 공손히 허리를 숙였다.

"셰프님, 이건……."

"속이 깊은 여사님이니 꼭 들어주실 것으로 믿습니다."

"……!"

대기실 분위기가 바뀌었다. 느닷없는 훈장 발언으로 민규를 경악케 했던 영부인. 그러나 민규의 역제의로 당혹감에 휩싸이고 말았다.

묵묵히 듣고 있던 장관의 입가에 여린 미소가 스쳐 갔다. 그녀는 혼자 고개를 끄덕거렸다. 민규의 요리가 왜 최고인지 알 것 같았다. 그 요리에 왜 여왕개미조차 매혹되는지 알 것 같았다. 지금 민규가 보여주는 행동이 답이었다.

아름다운 마음이 아름다운 요리를 만든다. 꽃을 싼 종이에서 좋은 향이 나는 것과 같았다. 박수라도 보내고 싶었지만 영부인 때문에 참았다. 하지만 마음속에서는 맹렬한 박수를 보내고 있었다.

짝짝짝!

박수는 그치지도 않았다.

"수고들 하셨습니다."

심사 위원 뒤풀이의 건배사는 민규가 맡았다. 박세가에게 미뤘지만 그가 허락하지 않았다.

"엄연히 심사 위원장이 계신데……."

그의 목소리에 애정이 묻어났다. 민규를 배려하는 걸 알기에 받아들일 수밖에 없었다.

영부인은 돌아갔지만 장관과 이 차관, 백 국장 등이 참석을 했다.

장소는 장광거사의 사찰요리 전문점이었다. 청사행주방 방송 출연으로 바쁜 그였지만 정성을 다해 손님을 맞았다.

"수고하신 우리 위원장님을 위해 건배."

변재순이 잔을 들었다. 그녀도 오늘은 기분이 좋았다. 궁중요리가 활성화되어 가니 뿌듯한 것이다.

"장관님, 이 이벤트를 연례행사로 하면 안 될까요? 시민들 호응도 굉장히 좋던데요?"

권용규가 의견을 냈다.

"그렇잖아도 적극적으로 검토해 볼 생각이에요. 대신 여러분이 많이 도와주셔야 합니다."

장관이 답했다.

몇 차례의 건배가 이어지고 따뜻한 이야기들이 오갔다. 시간은 오래 끌지 않았다. 심사 위원들은 바쁜 사람이었다. 최연

장자인 박세가가 나서서 판을 접어주었다. 그는 이제 존경받는 원로로 꼽히기에 충분했다.

"수고하셨습니다."

"안녕히 가세요."

인사와 함께 사람들이 하나둘씩 떠나갔다. 시간은 어느새 밤 9시에 이르고 있었다.

"뒤풀이 끝나면 연락하세요."

남예슬의 말이 떠올랐다. 그녀는 심사 위원단의 뒤풀이에 끼지 않았다.

어쩐다?

따로 약속을 잡는 일이다 보니 살짝 망설여졌다. 약주 몇 잔을 받아먹어 알딸딸한 것도 마음에 걸렸다. 처음 보았을 때는 특별하지 않던 남예슬. 인기 상종가를 치면서 이미지도 변했다. 소속사의 집중 관리를 받는 덕분에 숨겨진 매력을 드러내기 시작한 것이다.

오늘도 그랬다. 그녀가 움직일 때마다 여신의 느낌이 왔다. 한참 물이 올랐을 때의 우태희를 보는 느낌이었다. 역시 자리가 사람을 만드는 모양이었다.

띠롱띠롱!

생각이 많을 때 전화가 울렸다. 남예슬이었다. 민규의 망설

임을 알기라도 한 걸까?

—셰프님.

"예슬 씨……."

—어디예요? 뒤풀이는 끝났다고 하던데?

"어, 그걸 어떻게 알아요?"

—모르셨어요? 제가 셰프님에게 추적 장치 심어놓은 거?

"하하……."

—저랑 한 약속 잊은 거 아니죠?

"예……."

—빨리 오세요. 주소 찍어드릴게요. 알았죠?

신신당부에 재촉을 더해놓고는 통화를 끊어버리는 남예슬. 별수 없이 대리 기사를 불렀다. 얼마나 갔을까? 내비게이션이 목적지 도착을 알려줄 때 다시 전화가 울렸다.

"셰프님, 여기예요. 위쪽 바라보세요."

차에서 내린 민규가 고개를 들었다. 남예슬은 하늘에 있었다. 도로에 접한 고급 오피스텔. 그 12층 창문에 고개를 내밀고 손을 흔들어주었다.

"환영합니다."

남예슬이 출입문을 열자 풀잎 향기가 나른하게 밀려 나왔다.

"……!"

민규의 호흡이 잠시 멈췄다. 사무실이 아니라 그녀의 집이었다.

"들어오세요."

그녀가 민규 손을 당겼다. 걸음은 식탁 앞에서 멈췄다. 식탁에 뭔가가 준비되어 있었다. 냄새로 보아 두부였다.

"짠!"

그녀가 식탁보를 걷었다. 요리가 공개되었다. 그런데, 두부가 아니라 라면이었다.

"에… 실망이에요?"

남예슬의 애교가 가까이서 작렬했다.

"아, 아뇨."

"실은 뒤풀이에서 술 많이 드실 줄 알고 이거 만들었는데 완전 망했어요. 두부가 속 풀기에 좋다길래……."

남예슬이 감춰둔 접시를 공개했다. 삼색두부경단이었다. 하지만 두부와 찹쌀의 배합이 틀렸다. 끓는 물에 너무 오래 두어 풀어져 버린 것. 흑임자와 콩가루, 녹차가루까지 뿌렸지만 엉망이 되었으니 차마 내놓지 못한 것이다.

"하핫!"

민규가 웃었다.

"비웃는 거죠? 셰프님 드리려고 부랴부랴 달려와서 숨도 안 쉬고 만들었는데……."

남예슬의 눈에서 눈물이 배어 나왔다.

회심의 요리.

망치면 속상하다. 미치도록 속상하다. 민규가 잘 아는 일이었다. 그러나 요리는 의욕이나 레시피만으로 이루어지지 않는다. 몸에 배어야 하는 것이다.

"재료 남았어요?"

"예……."

"주세요."

민규가 팔을 걷고 나섰다.

"셰프님이 해주시게요?"

"어쩌겠어요? 내가 대신 원수 갚아줘야죠."

"진짜요?"

"네."

"그럼 라면 먹고 하면 안 돼요? 저 실은 배가 고픈데……."

쪼륵!

때맞춰 그녀 배에서 비둘기가 울었다. 서툰 요리로 노심초사하면서 칼로리를 소모했을 테니 이해가 갔다.

"그러죠."

민규가 다시 자리에 앉았다.

"그런데… 셰프님도 이런 거 먹어요? 라면 같은 거?"

"셰프는 뭐 인간 아닌가요?"

"그래도 셰프님은 특별한 것만 먹을 거 같아요. 백합분죽이나 송자인죽, 산조인죽… 아니면 쑥경단이나 대추경단, 녹차양갱처럼 우아한……."

"요리하다 보면 시간이 모자라서 굶을 때도 많아요. 그럴 때는 라면도 황송하죠."

"우와, 그거 정말이죠?"

"네."

민규가 먼저 젓가락을 들었다.

"그럼 라면 먹으면서 와인 마셔도 돼요?"

"와인요?"

"안 되죠? 실은 두부경단이랑 먹으려고 꺼내놨는데… 셰프님 앞에서 무식한 티 내서 죄송해요."

남예슬은 아이의 눈빛을 한 채 민규의 처분을 바랐다.

"그럼 마셔요. 와인 그거, 사실 격식 안 따져도 되거든요."

"정말요?"

남예슬이 좋아라 반응했다. 방송에서는 보이지 않던 순수가 거기 있었다.

꼴꼴!

와인이 따라졌다.

"건배해요. 비록 라면이지만… 오늘 수고하셨어요."

남예슬이 잔을 들었다.

"예슬 씨가 수고 많았죠. 진행 멋졌어요."

쨍!

맑은 소리와 함께 잔을 부딪쳤다. 남예슬은 그 잔을 원샷으로 비워 버렸다.

"어머!"

잔을 비우고는 화들짝 놀라는 남예슬.

"어떡해… 와인을 원샷 해버렸네. 제가 목이 타다 보니……."

어쩔 줄 모르는 눈에는 눈물까지 비친다. 이제는 특급 인기인의 반열에 끼면서도 눈물 천사에서는 벗어나지 못한 모양이었다.

"괜찮아요. 와인 그거 격식 안 갖춰도 된다니까요."

"정말이죠?"

"네."

"흉 안 보실 거죠?"

"정 그러면……."

민규도 남은 와인을 다 비워 버렸다.

"이러면 공평한 가요?"

민규가 빈 잔을 들어 보였다.

"다시 마셔요. 이번에는 제대로 마실게요."

꼴꼴.

남예슬이 또 잔을 채웠다.

챙!

잔이 부딪쳤다. 하지만 이번에도 원샷 참사…….

"죄송해요. 셰프님 앞이라서 너무 긴장했나 봐요."

끝내 콩알만 한 눈물을 떨어뜨린다. 티슈를 뽑아 건네주었다. 그녀가 눈물을 닦는 동안 민규가 잔을 채워주었다.
"이번에는 진짜, 완전, 레알 제대로 할게요."
눈물을 머금은 채 잔을 드는 그녀. 노력하는 모습이 아이처럼 순진해 보였다. 마침내 한 모금만 마시고 내려놓는 남예슬. 대견한 일이라도 해낸 듯 볼을 붉혔다.
"……."
후룩!
민규는 라면을 해치우고 일어섰다.
"요리하시게요?"
"네, 재료 남았다면서요?"
민규가 싱크대 앞에 자리를 잡았다. 연두부를 꺼내 잘게 으깼다. 남예슬은 어깨너머에서 까치발을 들고 지켜보고 있었다. 두부 으깬 것에 찹쌀을 풀어 반죽을 만들었다. 다음은 동그란 경단을 빚어내는 일. 민규의 손이 움직이면 저절로 경단이 나왔다.
"와아, 어쩜……."
남예슬이 아이처럼 좋아했다.
"20초쯤 있다가 건져서 냉수에 담그세요."
경단을 끓는 물에 넣어주었다. 남예슬은 초를 재어가며 경단을 건져냈다.
"이렇게요?"
되묻는 그녀의 볼에 홍조가 진달래처럼 피었다. 주방이 좁은 까닭에 서로의 호흡이 고스란히 느껴졌다.

흠흠!

목청을 가다듬으며 어색함을 밀어냈다.

두부경단이 나오기 시작했다. 초록과 황금색, 그리고 검은색이었다. 장식은 꽃병의 자색국화 세 송이를 빌렸다. 그걸 올려놓으니 그럴듯한 두부경단 요리가 되었다.

"굉장해요. 제 손이 닿으면 엉망이 되는데 셰프님 손이 닿으면 환상이 되니……."

남예슬 얼굴에 홍조가 번졌다.

"좋은 재료 덕분입니다."

양손에 두부경단과 간장소스를 집어 든 민규가 돌아서는 순간, 왼편 벽의 이미지가 눈을 차고 들어왔다. 문 쪽의 벽이라 보지 못했던 사진. 낯이 익었다. 한쪽 벽을 차지하도록 커다랗게 출력해 놓은 건… 민규의 케이터링이었다. 남예슬의 방송에 보내주었던 그 첫 케이터링… 출력된 사진 구석에 쓰여진 작은 글자가 또렷하게 보였다.

[나의 은인 이민규 셰프님]

나의 은인…….

가슴이 먹먹해졌다. 요리에 감격하는 사람은 많았다. 하지만 신앙처럼 받드는 경우는 처음이었다. 머릿속이 아뜩해

질 때…….

"셰프님."

남예슬이 뒤에서 안겨 왔다.

"예슬 씨……."

"잠깐만요, 그냥 잠깐만요."

그녀가 밀착된 채 멈췄다. 봄날 아지랑이 같은 그녀의 호흡이 목덜미에 느껴졌다.

두근.

민규 심장이 엇갈려 뛰기 시작했다. 알딸딸한 약주에 더해진 와인. 그 시야에 들어온 케이터링의 감성 충격. 그리고 남예슬의 아뜩한 체취… 그녀가 가쁜 숨을 고를 때마다 가슴의 볼륨이 밀물처럼 느껴지다가 멀어졌다. 민규는 숨을 멈췄다. 숨을 쉬면 그녀 가슴 볼륨이 더 적나라하게 느껴질 것 같았다. 순간, 앞쪽으로 돌아선 그녀의 무엇이 민규 입술에 닿았다. 그녀의 입술이었다.

"예슬……."

뭐라고 말하려 했지만 하지 못했다. 그녀의 혀가 밀물이 되어 들어온 것이다. 양손에 접시와 종지를 들고 있는 민규. 꼼짝없이 그녀의 키스를 받았다. 한바탕 격정을 옮겨준 그녀가 민규에게서 떨어졌다. 하지만 잠깐이었다. 민규 손의 접시를 받아 식탁에 옮겨놓더니 다시 안겨오는 그녀였다. 이제는 그녀 몸의 볼륨이 적나라하게 포개졌다. 조금 전의 키스가 혀의

미공을 건드린 거였다면 이제는 미각수용체세포를 관통해 기저세포까지 전해지는 맛이었다.

입안을 가득 채운 맛이 마침내 연구개를 건드렸다. 민규의 촉각이 우수수 반응을 했다. 그사이에 그녀는 더욱 밀착되었다. 이제는 한 사람인지 두 사람인지 가늠하기도 어렵게 되었다. 무아에 빠진 그녀의 손을 밀어내고 자세를 바꾸었다. 그녀가 아니라 민규가 당기는 것이다.

"셰프님……."

그녀의 목소리가 애달프게 들렸다. 입술과 볼, 귓불까지 진달래 붉은 물이 든 남예슬. 둘은 빈 소파 위로 넘어갔다. 아래쪽에 깔린 그녀는 민규를 놓지 않았다. 민규의 손도 지향을 잃고 헤매기 시작했다. 본능이 이끄는 대로 움직이는 것이다.

남예슬의 손이 민규의 상체를 벗기는 동안 민규는 그녀의 원피스를 밀어 올렸다. 그녀의 스타킹이 조명을 받아 반짝거렸다. 그걸 말아 내리자 남예슬이 다리를 접어 민규를 도왔다. 매끈한 스타킹 속에 숨었던 다리가 대리석처럼 빛났다. 하나 남은 속옷을 벗기기도 전에 남예슬이 목을 감고 안겨 왔다. 가슴까지 올라간 원피스 덕분에 그녀의 가슴이 고스란히 느껴졌다. 그녀의 몸은 귤병단자처럼 부드러웠다. 새콤하면서도 달콤했다. 어찌나 맛난 향인지 얼굴을 박고 비비고 싶었다. 한번 불붙은 본능은 끓어 넘치는 요리처럼 갈피를 잃어갔다. 이제는 더 참을 수 없었다.

민규는 결국 샘을 뚫고 말았다. 속옷을 벗길 여유도 없이 옆으로 밀치고 그 틈새를 비집었다. 요리처럼 정석대로 할 수가 없었다. 그녀의 마력이 민규의 혼을 뽑아버린 것이다.

어쩌면 피곤한 하루 때문이었다. 영부인에 장관에, 나아가 원로들까지… 그 무게감이 화사한 남예슬 앞에서 풀려 버린 모양이었다.

"셰프님……."

귓전에 부서지는 남예슬의 호흡이 민규를 재촉했다. 민규는 자꾸만 그녀의 안으로 들어갔다. 요리로 치면 임계점. 맛의 궁극을 살리는 지점까지 가는 것이다.

아아, 아아!

남예슬의 황홀한 신음이 등대가 되었다. 그 등대를 따라 민규는 끝없이, 끝없이 밀고 들어가고 있었다.

* * *

믿어주실지 모르지만…….

요리는 제게 행운의 이름이랍니다.

옛날부터 그랬어요.

할머니가 요리 박사셨어요.

요리를 얼마나 잘하셨는지 몰라요.

뭐든지 손만 대면 맛난 요리로 변신을 했지요.

미다스의 손이라는 영어를 배웠을 때 제일 먼저 할머니가 생각났다니까요.

저는 할머니 집에서 자랐어요.

아빠와 엄마가 외교관 부부라 외국 근무가 많았거든요.

어릴 때는 울기도 많이 울었어요.

그럴 때면 할머니가 맛난 요리를 해주셨어요.

셰프님, 그거 아세요? 겨울에 먹는 살구떡.

내 친구들은 그걸 믿지 않았어요. 겨울에 무슨 살구떡이냐는 거죠.

하지만 셰프님은 아실 거예요. 겨울 살구떡이야말로 진짜로 맛있는 살구라는 걸.

살구가 나오는 봄이면 할머니는 바빴어요.

살구를 따서 씨를 빼고 삶아낸 후에 곱게 갈아 쌀가루를 섞어 말리셨죠.

골고루 말라야 한다며 하루에도 몇 번씩 바람 방향으로 돌려놓곤 했어요.

그리고 찬바람이 불면 그 가루를 꺼내 살구떡, 행병을 만드셨어요.

그냥 행병이 아니에요.

할머니의 손길이 닿은 행병은 봄날의 살구로 변신했어요.

아니, 그보다 훨씬 맛난 살구가 되었죠. 새하얀 팥고물을 눈처럼 뒤집어쓰고 있었으니까요.

한 입 물면 살구 향이 숨 막히도록 입을 물들였어요.

어떤 때는 쓰러져서 일어나지 못할 때도 있었다니까요.

굵은 실을 이용해 한쪽만 살짝 눌러놓은 모양새는 살구보다 살구처럼 보였어요.

맛만 좋았던 게 아니에요.

그걸 먹으면 신기하게도 엄마가 왔어요. 까치보다도 더 정확했다니까요.

그때부터 그랬어요. 아름다운 행병을 먹으면 행운이 오는 것.

나의 행운 행병.

그런데 어느 날부턴가 그 행운이 사라졌어요.

비중 있는 조연을 노릴 때였죠. 어릴 때 생각이 떠올라 행병을 구해 먹으며 행운을 빌었어요.

행운은 저를 비켜 갔어요. 그다음에도 그랬어요.

다 어릴 때의 꿈이야.

그제야 알았어요.

행병의 행운이 끊겼다는 걸.

하지만 그게 아니었어요. 행운이 사라진 건 그 요리들에 정성이 없었던 거죠.

셰프님의 케이터링을 먹고 깨달았어요.

케이터링 안에 섞여 있던 행병…….

정성을 다한 요리에는 아직도 나만의 행운이 유효하다는 걸.

셰프님의 케이터링에 있던 행병으로 행운이 쏟아질 때,

제 전설을 부활시켜 주셔서 고맙다고 말하고 싶었어요.

몇 번이고 생각만 하다 말았어요.

셰프님이 웃을 것 같았어요.

오늘에야 겨우 용기를 냈네요.

저 우습죠?

그래도 셰프님께 이 말을 할 수 있는 기회가 와서 다행이에요.

이제는 할머니도 돌아가시고 어머니도 돌아가셔서 들어줄 사람이 없거든요.

고마워요.

그냥…….

전부 다…….

'예슬 씨…….'

춤사위처럼 꼬리를 흘리며 스쳐 가는 가로등들. 창밖을 보며 그녀를 생각했다. 그 말을 마친 그녀의 볼은 촉촉이 젖어 있었다. 눈물 천사답게 눈물로 빚어낸 독백이었다. 그리고 잠들었다. 술에 약한 그녀. 와인 몇 잔을 원샷 한 대가였다. 진짜 미인은 자는 모습이 예쁘다더니 그녀가 그랬다. 화장기가 없음에도 잘 익은 살구처럼 뽀샤시해 보였다. 어쩌면 그녀, 민규가 먼저 잠에 곯아떨어졌대도 혼자 그 말을 했을 것만 같았다.

한 편의 꿈을 꾼 듯싶었다. 판타지의 몽환 마법에 걸렸다 나온 것 같았다. 그녀와의 시간이 그랬고, 합체가 그랬으며 그녀의 목소리가 그랬다.

셰프님…….

아직도 그 여운이 귀 안에 메아리로 남았다.

셰프님…….

그녀의 숨결과 향도 남아 있다.

그녀의 몽환 같은 독백이 끝나갈 때쯤 전화벨이 울렸다. 종규였다. 바로 받았다. 남예슬의 잠이 깰 것 같아서였다.

"언제 와? 늦으면 재희 보내게."

종규의 말이었다. 시계를 보니 11시에 가까웠다. 아차 싶었다. 큰 대회를 치룬 둘. 민규를 기다릴 만한 날이었다.

"지금 갈게."

전화를 끊었다. 그녀를 위해 정화수를 한 잔 소환해 두고 메모를 남겼다. 정화수는 술독을 풀어주니 머리가 아플 일은 없었다. 까치발을 하고 소리 없이 나왔다. 대리 기사를 불렀다.

행병.

그러고 보니 그녀의 체취에서 살구 냄새가 났다. 그녀의 마음에서도 살구 향이 끼쳤다. 아직 한 번도 만들어보지 않은 살구떡 행병. 갑자기 마음이 쏠렸다.

아직 한 번도 만들어보지 않은 행병.

그런데 어째서 남예슬은 이미 먹어봤다고 생각하는 걸까?

민규는 그 비밀을 알고 있었다. 남예슬이 먹은 건… 살구가 아니라 황도, 즉 복숭아설기였다. 색깔이 비슷하고 맛도 달달하고, 겉에 거피한 팥을 묻혔기에 착각을 한 것이다.

"기사님, 좀 밟아주시겠어요."

상가에 잠시 들렀던 민규가 기사를 재촉했다. 정화수 덕분인지 술은 거의 깨어가고 있었다.

"차 사장님!"

차에서 내린 민규가 화들짝 놀랐다. 밤 11시의 초빛, 거기 차만술이 있었다. 황 할머니도 함께였다.

"중요한 시간 방해한 건 아니지?"

종규가 웃었다.

"아니. 마침 전화 잘했다."

"나 혼자면 그냥 있었을 텐데 재희에 황 할머니, 차 사장님까지 기다리는 바람에……."

"사장님은 왜요? 오늘 힘드셨을 텐데?"

민규가 차만술을 바라보았다. 그냥 기다린 것도 아니었다. 내실의 테이블에는 때갈 고운 민속전이 한가득이었다. 약주도 떡하니 위엄을 갖추고 있었다.

"나 하나도 안 힘들어. 가문의 영광이잖아?"

차만술의 목소리는 아직도 뿌듯했다.

"할머니는요? 피곤하실 텐데……."

"세푸하고 종규, 재희가 피곤하지, 내가 왜 피곤해? 하루 종일 팽팽 놀았는데."

할머니도 정색을 한다. 말은 놀았다지만 그것도 아니었다. 고들빼기 냄새가 나고 정과장아찌 냄새가 났다. 테이블의 구석구석까지 광이 난다. 이건 재희나 종규의 실력이 아니었다. 이렇게 꼼꼼한 건 할머니의 손길밖에 없었다.

"뉴스 봤어? 오늘 요리 대회 나왔어."

종규가 핸드폰을 흔들었다.

"아니. 한번 볼까?"

"오케이."

종규가 뉴스 동영상을 찾아냈다. 꽤 많은 시간이 할애된 뉴스였다. 방송국의 평도 괜찮았다. 다행히 민규가 쾌척한 1억 200만 원에 대한 언급은 없었다.

"너희들 수상 장면은 안 나오네?"

민규가 웃었다. 종규와 재희의 특별상. 번외 시상이기에 화면에 없었다.

"그런다고 상금이 사라지는 건 아니지. 무려 1천만 원, 짜잔!"

종규가 봉투를 흔들었다.

"천만 원?"

"좀 세지?"

"약하지. 우리 재희하고 종규, 사실은 대상감이었는데."

"셰프님……."

귀를 세우고 있던 재희 눈에 눈물이 돌았다. 민규의 인정. 그건 천만 원과 비교조차 할 수 없는 긍지였기 때문이다.

"나도 그 얘기 해줬어. 이 셰프가 위원장이라는 입장 때문에 점수를 못 준 거라고."

차만술이 대화에 들어왔다. 민규의 채점표를 보았던 그. 처음에는 놀랐지만 금세 깊은 뜻을 알았다. 차만술이라면 생각지도 못할 큰 그림이었다.

"그나저나 나 기다리느라 아직 손도 안 댄 거야? 요리가 그대로네?"

"뭐 그렇게 됐어. 대회장 분위기 얘기하다 보니……."

차만술이 목덜미를 긁었다.

"그럼 일단 건배부터?"

민규가 약주 병을 들었다. 황 할머니에게 한 잔을 주고 차만술과 재희, 종규 순으로 부었다. 민규의 잔은 차만술이 채웠다.

"잠깐만요."

민규가 잠시 자리를 비웠다. 차에서 돌아온 손에는 꽃다발이 가득 들려 있었다.

"자, 아까는 정신이 없었고… 축하한다, 종규, 그리고 재희."

둘에게 꽃다발을 안겨주는 민규.

"셰프님."

꽃을 받아 든 재희 눈에 샘물이 어렸다.

"그리고 우리 차 심사 위원님."

"에? 내 것도 있어?"

"궁중요리 대회 심사 위원은 아무나 하나요? 오늘 정말 멋졌습니다."

"허어, 이거야 원……."

차만술이 얼굴을 붉혔다. 자기 것까지는 생각지도 못한 그였다. 남은 한 송이는 황 할머니에게 안겼다.

"이모도 고마워요. 종규하고 재희가 잘한 것도 이모님의 도움이 큽니다."

"내 꽃도 있어?"

할머니의 입도 쩌억 벌어졌다.

"자, 다들 고생한 우리 모두를 위해."

꽃을 나눠준 민규가 건배사를 제창했다. 황 할머니까지도 시원하게 잔을 비워냈다.

"수고는 이 셰프가 했지. 아까 보니 진상 참가자도 있던데. 한 잔 더 받아."

차만술이 한 잔을 더 따랐다.

"별일 아니었습니다. 요리에 눈을 떠갈 때면 자기가 최고인 줄 착각할 때가 있거든요. 그런 아들딸이 최고로 보이는 부모도 있고요."

"아무튼 잘 마무리했어. 그리고… 이건 들은 말인데 이 셰프에게 좋은 일이 있을지도 몰라."

"좋은 일요?"

"차 사장님이 그러는데 박세가 선생님이 영부인에게 형 훈장을 건의했대."

종규가 앞서 말했다.

"훈장?"

"쉿, 나 혼자 들은 거야. 화장실에 가는데 박세가 선생이 영부인을 잡고 진지하게 건의하더라고. 영부인도 굉장히 긍정적인 표정이었어."

"……."

민규의 안면 근육이 꿈틀거렸다. 영부인의 훈장 이야기. 그 발단이 박세가였다니…….

"왜? 솔직히 형이 훈장 받을 만하잖아? 다른 사람들 보니까 잘만 받더라. 공직에 있다가 퇴직한다고 훈장, 대학에서 몇십 년 강의했다고 훈장……."

"종규야."

"……."

"자, 다들 기다려 주셨으니 잠깐만. 후식은 내가 준비한다."

민규가 일어섰다. 더 앉아 있으면 훈장 이야기가 깊어질 것 같았다. 주방으로 나와 손부터 닦았다. 그런 다음 식재료를 골라놓았다.

살구, 찹쌀가루, 거피팥, 소금, 설탕.

재료는 간단했다.

재료들은 민규의 마법 속에서 행병으로 변했다. 늦은 밤이라 시간 절약을 위해 변법을 썼다. 거피팥을 압력솥에 넣고 쪄낸 것. 물은 마음을 편하게 하는 방제수를 썼다.

살구즙을 찹쌀가루에 넣어 반죽하고 쪄낸 후에 모양을 잡았다. 깊고 노란 때깔의 행병이었다. 작은 살구 크기로 만들어 한쪽에 라인을 넣어주었다. 그걸 거피팥고물에 굴리니 눈가루를 뿌린 살구가 따로 없었다.

"와아!"

자태에 반한 재희가 몸서리를 쳤다. 진짜 살구를 내온 줄 착각했던 것. 곁들임 차는 제호탕을 내놓았다. 다들 고생했으니 왕의 차를 마실 자격이 있었다.

"오늘은 살구 강의 없다. 그러니까 분석하지 말고 그냥 편하게 먹어라."

민규가 접시를 밀었다.

"네, 셰프님."

재희가 행병을 잡았다. 첫 행병은 할머니에게 주었다. 그런 다음 신나게 먹기 시작했다.

"아유, 이걸 먹으니 숨이 편안해지네?"

할머니가 코로 숨을 쉬었다. 종규가 가만있지 못했다.

"살구는 행인. 굉장히 중요한 식재료이자 약재. 옛날에 방귀 좀 뀌는 의사라면 행림으로 불려야 했지. 열성병으로 몸이 여위고 노곤한 데 좋고 번열과 두통을 잡고 기육을 풀어주며 개고기의 독성을 없앤다."

"오빠, 셰프님이 그냥 먹으랬잖아?"

"미안, 나도 모르게……."

"혼자만 잘난 척이네? 그러면서 각기와 해수에 좋다는 건 왜 빼먹어? 천문동과 함께 쓰면 심폐를 윤택하게 하고 우유와 함께 끓여 마시면 목소리를 아름답게 한다. 폐열도 치료하고 대장이 허해서 생긴 변비도 작살내며 얼굴의 여드름을 없애는 작용도 있거든?"

재희의 딴죽은 제대로였다.

"아이고, 애들이 대회 끝났다고 심사 위원을 앞에 놓고 기를 죽이네. 먹을 때는 그냥 좀 집중하자. 집중!"

차만술이 엄살을 떨었다. 덕분에 웃음꽃이 피었다. 그 꽃들이 밤하늘로 올라가 또 다른 별이 되었다. 저만치에서 소리 없이 흐르는 강물과 함께 밤이 깊어갔다.

사삭사삭!

이른 아침, 민규는 주방에 있었다. 오늘은 월요일. 가게가 문을 열지 않으니 시골 장터를 도는 날. 하지만 어제 대회를 치렀으므로 종규를 쉬게 두었다. 민규가 만들고 있는 건 행병이었다. 밤새 불려둔 거피팥을 챙겼다. 어젯밤과는 달리 '제대로' 정성을 쏟았다.

—살구떡 행병.

준비물: 멥쌀가루, 살구, 거피팥, 설탕, 소금.

1) 멥쌀가루에 소금을 섞어 체에 내린다.

2) 살구는 씨를 뺀 후에 푹 쪄낸 후 체에 걸러 즙으로 준비한다.

3) 거피팥을 물에 불려 김이 오른 찜솥에 쪄낸다.

4) 익은 팥은 소금을 넣고 절구에 찧어 체에 내린다.

5) 멥쌀가루에 설탕을 섞고 살구즙으로 되직함을 조절하며 반죽한다.

6) 반죽을 김 오른 찜 솥에 넣고 15분가량 쪄낸다.

7) 쪄낸 반죽을 살구 모양으로 만들어 거피팥고물을 묻혀낸다.

* 도톰한 실을 준비해 양쪽을 잡고 살구의 한쪽을 아래위로 맞춰 눌러주면 살구 모양이 제대로 난다.

* 채소 줄기를 꼭지처럼 찔러놓고 채소잎을 잘라 살구잎으로 놓으면 멋진 장식이 된다.

완성된 행병은 기가 막혔다. 찜을 하는 동안 살구의 풍미가 향상되었다. 어젯밤과는 달리 정화수를 넣고 쪄낸 행병. 고운 포장으로 옮겨졌다. 빈 공간에는 작은 꽃 조각을 채웠다.

끼익!

단골 퀵 아저씨가 도착했다.

"이거 좀 맛보세요."

포장하고 남은 행병 두 개를 건네주었다. 물은 열탕으로 주었다. 아침 바람을 맞으며 일하는 사람이니 양기를 북돋는 열탕만 한 게 없었다.

"이야, 입에서 살살 녹네요. 끝내주는데요?"

퀵 아저씨는 눈 깜짝할 사이에 두 개를 해치웠다.

"잘 부탁합니다."

당부와 함께 요금을 지불했다.

"뭐야? 오늘 주문 있었어?"

오토바이 소리를 들은 종규가 눈을 비비며 나왔다.

"아니, 그냥……."

"그냥이 아니잖아? 퀵 아저씨까지 오고… 흠흠, 이 냄새는 어젯밤에 먹은 살구떡?"

"어? 어……."

"수상하네? 어젯밤부터 계속 살구떡……."

"얀마, 뭐가 수상해? 어제 뵌 분들 중에서 행병 원하는 사람이 있어서 해본 건데……."

"어제 누구?"

"뭐?"

"누구냐고? 그런 말 없었잖아?"

"야, 그런 걸 일일이 다 말하냐? 늦게 일어났으면 빨리 마당이나 쓸어."

괜한 닦달을 할 때 전화가 울었다. 이모였다.

—오늘 쉬는 날이지?

다짜고짜 물어보는 이모.

"예."

—그렇지? 어쩐다…….

"왜요? 무슨 문제가 있어요?"

—그게 아니고 저번에 말한 다금바리가 잡혔대. 지금 배가 들어오고 있다는데…….

"어, 진짜요? 그럼 제가 내려갈게요. 이모님 얼굴도 뵐 겸."

—괜찮겠어? 어제 방송 보니까 요리 대회에서 하루 종일 고생한 거 같던데?

"고생은 종규가 했고요, 저는 위원장이라서 놀고먹었습니다. 아침 먹고 바로 출발할게요. 그 안에 들어오면 선도 관리 좀 잘 부탁드려요."

당부를 하고 전화를 끊었다.

"다금바리 들어온대?"

"그렇단다. 서두르자."

"쳇, 형은 운도 좋아. 살구떡은 이렇게 묻혀가는구나."

종규가 욕실로 들어갔다. 종규의 뒷말에 괜히 뜨끔해지는 민규. 딱히 숨길 일도 아니지만 처음부터 숨긴 일이다 보니 어쩔 수가 없었다.

전화부터 걸었다. 서둘러 다녀오면 저녁 요리가 가능하기 때문이었다. 그런데… 대물에는 임자가 따로 있었다. 허달구와 박병선이 그랬다. 다금바리를 학수고대하는 사람들이었지만…….

—어엇, 내가 지금 중국 시장 점검차 선양에 나와 있는데…….

—아이고, 미치겠네. 독일 베를린 학술 대회예요.

두 사람은 약속이나 한 듯 탄식을 쏟았다.

그러다 연결된 게 육성그룹의 양경조 병조 회장 형제들이었다.

—가짜를 준다고 해도 갑니다.

양경조는 흔쾌했다. 민규 덕분에 중국 시장을 제대로 공략 중인 육성그룹. 최근에는 일본과 홍콩, 싱가포르 등에도 공을 들이고 있었다. 그가 물어온 건 단 하나였다.

—몇 인분이나 됩니까?

이모의 말에 의하면 대물. 10여 명은 문제가 없겠지만 내일 숙성회로 맛을 보여줘야 할 사람들이 있기에 서너 명으로 줄여 답했다.

—점심 굶고 기다리고 있겠습니다.

양경조의 목소리는 기대로 가득했다.

"으아, 드디어 전설의 진품 다금바리를 보게 되는구나."

랜드로바 운전석을 차지한 종규도 기대가 되기는 마찬가지. 아직 한 번도 진품 다금바리를 보지 못한 종규였다.

"볼 때 보더라도 내리시지."

"왜? 형이 운전하게?"

"당연하지. 너는 오늘 휴일이잖아?"

"형은?"

"내 가게잖아? 사장은 휴일 없다."

민규가 종규를 끌어냈다.

"아, 존나 치사하게……."

말로는 투덜거리지만 괜히 뿌듯해지는 종규. 민규가 자신을 생각해서 그리함을 모를 리 없었다. 안전벨트를 맬 때 남예슬의 폭탄 문자가 들어왔다.

[셰프님, 저 놀라서 기절하는 줄 알았어요.]

[꿈만 같아요. 할머니가 해주던 살구떡보다 더 맛있잖아요.]

[진짜 행운이 올 것만 같아요.]

[그러면서 괜히 셰프님 귀찮게 해드린 건 아닌지 걱정도 되고…….]

[그래도 아무도 안 주고 저 혼자 맛나게 먹겠습니다. 고마워요.]

마지막은 뿅 간 이모티콘 모양으로 마무리되었다.

"뭐야?"

조수석의 종규가 고개를 디밀었다.

"야, 사생활이잖아?"

민규가 핸드폰을 감췄다.

"흐음, 수상해. 완전 수상해."

"수상할 것도 많다. 안전벨트 매고 내비게이션이나 찍으셔."

민규도 안전벨트를 채웠다. 그녀가 좋아하니 다행이었다. 그녀의 바람처럼 행운을 기도하며 시동을 걸었다. 어제는 어제, 이제는 다금바리에 집중할 때였다. 진품 다금바리, 과연 어떤 위엄일까? 궁금한 마음과 함께 차가 출발했다.

9. 진품 다금바리의 포스

“우리 약선죽의 원조인 이민규 셰프님입니다.”

내실에서 양경조가 민규를 소개시켰다. 간단히 인사를 나누고 실물 다금바리를 대령해 주었다.

“오우, 친핀 아라!”

일본인 손님 와타루의 입이 벌어졌다. 카즈마는 입을 벌린 채 숨도 쉬지 못했다. 민규가 보여준 다금바리 때문이었다. 아라는 일본어로 다금바리. 친핀은 ‘진품’이라는 뜻이다.

아이스박스 안의 다금바리는 두 마리였다. 한 마리는 씨알이 좀 작았다. ‘작아서’ 40㎝쯤 되었다. 옆의 것은 무려 1m에 육박하는 존엄을 자랑했다. 보기만 해도 압도될 사이즈였다.

"진짜 다금바리가 맞군요."

"회장님도 오늘은 모처럼 포식 좀 해보시지요."

카즈마가 와타루를 바라보았다. 부회장 카즈마는 대물 다금바리처럼 푸짐한 몸매를 자랑하고 있었다.

"오늘도 포식 모드인가?"

"요즘은 입맛이 마구 당긴다니까요. 먹는 재미로 삽니다."

"포식이야 부회장 몫이고 나는 즐기는 것으로 족하네."

"그럼 와타루 회장님 몫까지 제가 포식 좀 하겠습니다."

카즈마가 입맛을 다셨다. 둘을 모시고 온 양경조는 뿌듯한 미소를 머금고 있었다.

하핫, 허헛!

민규가 물러나자 이야기꽃이 피었다. 두 일본인은 한국말도 제법 잘하는 편이었다.

다금바리.

먹어본 사람에게 인증을 받았다. 다금바리를 제대로 알고 있는 사람이 적은 까닭이었다.

우리가 일반적으로 알고 있는 호랑이 무늬의 다금바리. 결론부터 말하자면 그건 '진품' 다금바리가 아니었다. 정확한 이름은 자바리다. 그러니까 횟집에서, 일식집에서, 혹은 제주도에서 호랑이 무늬 다금바리를 흡입하셨다면 자바리를 먹은 것이다.

그도 아니면 능성어다. 만약 세부나 베트남의 하롱베이에서 먹었다면 '라푸라푸'를 짭짭하신 것이다. 이 호랑이 무늬 다금바리는 어류 도감에 올라 있는 표준 다금바리와는 격이 다른 어종이다.

진품은 기연이 있어야 맛볼 수 있다. 그까짓 다금바리 하나에 무슨 기연까지 들이대냐고 하겠지만 진품들은 우리나라 가까운 해역에 없다. 짐을 싸 이주를 하신 것이다. 먼 해상에서나 간간이 잡혀 오니 맛보기가 하늘의 별 따기가 되었다.

다금바리 진품은 의외로 농어를 닮았다. 생김새도 날씬하게 빠졌으니 넓적한 호랑이 무늬 자바리와는 '완전히' 다른 비주얼이다.

자세히 보면 아가미에 철갑을 둘렀다. 아가미 뚜껑에 달린 세 개의 삼지창이 그것이다. 농어처럼 생겼으면서 아가미 끝에 살벌한 삼지창을 가진 것이 진품이다.

그러나 변수가 있다. 성어가 되기 전에는 이렇게 구분이 뚜렷하지만 성어가 되면 이야기가 달라진다. 자바리의 성어와 다금바리의 성어는 거의 구분되지 않는다. 두 개체가 비슷한 모습으로 성장하기 때문이다. 그렇다고 해도 이들 두 어류는 소위 노는 물이 다르다.

다금바리는 심해 깊은 곳에 산다. 일본 쪽에는 어족 자원이 형성되어 있어 전문 낚시꾼들이 걷어 올린다. 선상으로 올라오면 바로 숨을 거둔다. 올라오는 동안에 생긴 감압 문제 때문이다. 배에 감압 수족관이 있으면 살릴 수 있다. 드물게 버티는 놈도 있기는 하다. 따라서 일본 특산지에서도 활어를 보는 건 쉽지 않은 일이었다.

이모부의 압력으로 보관이 잘 되었기에 선도는 훌륭했다. 게다가 민규가 하빙과 벽해수를 이용해 수송해 왔다. 그 정성은 아가미에서 엿보였다. 신선도는 100%에 가까웠다.

약 1.5kg과 20kg 정도의 다금바리.

둘의 몸값 또한 천지 차이였다. 작은 것은 살짝 무리하면 누구나 먹을 수도 있겠지만 큰 놈은 언감생심이었다. 몸값 단위가 무려 백만으로 올라가는 위엄이었다.

"우와!"

전화를 받고 달려온 재희도 소스라쳤다. 흔치 않은 기회이므로 종규가 전화를 걸었다. 실은 후환에 대한 두려움도 있었다.

"왜 전화 안 했는데?"

…라고 닦아세우면 난감할 종규였다. 아버지와 쇼핑을 하던 그녀, 카트를 집어 던지고 달려왔다.

"고기보다 가격이 더 무서워요."

재희의 몸서리는 길었다. 웬가 몇백만 원짜리 물고기. 참치가 비싸다지만 그건 크기라도 컸다. 그런데 진품 다금바리는 그보다 작으면서도 고가인 것이다.

"처음 보지?"

민규가 물었다.

"네, 이게 다금바리네요. 저번에 오빠가 수산 시장 수족관 앞에서 잘난 척하면서 알려준 거랑 달라요."

"야, 그것도 다금바리야. 형이 워낙 귀한 진품을 구해 온 거지."

종규가 실드를 치고 나왔다.

"그럼 거기 상인들이 다 사기꾼인가요?"

재희가 민규에게 물었다.

"그건 아니고… 자바리와 능성어도 좋은 생선들이야. 단지 구분이 그렇다는 거지."

"아하……."

"자, 귀한 거니까 공부 좀 해볼까?"

민규가 복어를 꺼내놓았다. 그 또한 이모부가 딸려 보낸 것이었다.

"살 한번 눌러봐라."

민규가 복어를 작은 다금바리 옆에 놓았다.

"탄력을 감상하라……?"

종규가 손을 대려 하자 민규가 쳐냈다. 그 시선은 얼음물에 있었다.

"쏘리."

눈치를 차린 종규가 얼음물에 손을 넣었다. 재희 손은 이미 그 안에 있었다. 생선의 체온은 사람보다 낮다. 이미 죽었다지만 보존 상태가 좋은 놈들. 사람 손이 닿으면 신선도가 떨어지는 까닭이었다.

종규 손이 늦게 들어갔지만 먼저 나왔다. 재희는 더 오래 식혔다. 여자들의 손은 보통 남자보다 체온이 높았다. 그래서 생선을 주로 다루는 일식에 남자 요리사가 많았다. 재희는 그걸 잘 알고 있었으니 더 오래 담가 온도를 낮추었다.

"어떠냐?"

테스트가 끝나자 민규가 물었다.

"작은 다금바리>큰 다금바리=복어."

둘은 경쟁하듯 합창을 했다. 살의 단단함을 말하는 것이다. 쉽게 비교하면 살의 탄력이 우럭이나 도미의 볼살처럼 탱글거린다는 뜻이었다.

"그럼 요리를 시작해 볼까?"

드디어 민규가 팔을 걷고 나섰다.

'중요한 분들이니 잘 부탁합니다.'

양 회장은 그런 말을 하지 않았다. 민규를 믿기 때문이었다.

어떤 분들이신가요?

민규도 묻지 않았다. 중요하지 않은 사람을, 양 회장이 동행할 리 없었다. 진품 다금바리를 보고 넋을 놓은 두 일본인. 24가지 맛으로 나눌 수 있는 회만 떠내도 빽 가게 할 수 있었다. 하지만 여기는 대한민국 약선요리의 요람. 넋에 더해 혼까지 뽑아내 기어 나가게 만들 생각이었다. 그냥 썰어놔도 열광

할 진품 다금바리가 아닌가?

어떤 요리로 녹여 드릴까?

다금바리 앞에서 두 일본인의 체질을 띄워보았다.

체질 유형—木형.

담간장—우수.

심소장—우수.

비위장—허약.

폐대장—병약.

신방광—허약.

포삼초—양호.

미각등급—(…)

섭취 취향—小食.

소화 능력—B.

와타루의 체질 창이었다. 그의 혼탁은 이였다. 잇몸에 지진이 일어났다. 모르긴 해도 스테이크 같은 건 씹을 수 없는 지경이었다. 덕분에 미각이 리딩되지 않았다. 포식이라는 말에 주저한 원인이 이것이었다. 혼탁을 따라가니 위장과 대장에서 멈췄다. 거기 혼탁의 원천이 있었다. 윗니는 위장이 주관한다. 아랫니는 대장이 주관한다. 위장에 문제가 생기면 뜨거운 것을 싫어하고 대장이면 차가운 것을 싫어한다.

'그렇다면…….'

신장도…….

신장까지 세밀하게 체크를 했다. 짐작은 틀리지 않았다. 이가 흔들리면 풍치의 위험도 안고 있다. 방치하면 풍치가 될 판. 이 지경이니 포식은 요원하다. 그러나 아직은 신장이 그럭저럭 버티고 있었다. 풍치는 신장의 기가 좌우하기 때문이었다.

'녹각…….'

와타루를 위한 약재 하나를 결정했다.

체질 유형—木형.

담간장—허약.

심소장—허약.

비위장—양호.

폐대장—병약.

신방광—양호.

포삼초—양호.

미각 등급—C.

섭취 취향—大食.

소화 능력—A.

다음은 카즈마였다. 그의 리딩은 수월했다. 어깨에 내린 비듬 가루 때문이었다. 들어오기 전에 한 번 털었다. 그럼에도 또 새 눈이 내려 있었다.

'두풍증(頭風症)…….'

머리였다. 거기서 문제가 시작되고 있었다. 아직은 심각하지 않지만 머잖아 중풍이 될 수 있었다. 그의 목소리에도 단서가 있었다. 혀가 짧은 발음이 나왔던 것. 그가 탐식하는 이유도 여기 있었다.

'석창포, 황기, 생강, 그리고 국화 꽃잎…….'

카즈마를 위한 맞춤형 식재료도 결정이 났다.

초자연수부터 세팅해 주었다.

양경조: 정화수+마비탕+요수.

와타루: 감람수+요수+생숙탕.

카즈마: 국화수+마비탕+열탕+육천기.

세 사람의 물은 다 달랐다. 양경조는 일반적인 초자연수의 배합으로 기분을 상쾌하고 식욕을 돋우는 물. 와타루는 기를 돋우는 쪽이었다. 마지막으로 카즈마는 육천기가 동원되었다. 육천기는 요수와 반대 작용이 있는 물. 식욕을 억제하기도 하니 대식가인 카즈마에게는 온당치 않았다. 그럼에도 그걸 끼워 넣는 민규. 나머지는 따뜻한 기를 충전하고 열을 내리며 중풍을 잡아주는 구성…….

"이 물은 마시지 마시고 향만 맡아주시기 바랍니다."

카즈마에게 육천기까지 내주고 주방으로 돌아왔다.

"오오, 약선요리의 대가라더니 사람을 알아보는군요. 약수도 저만 홀로 네 잔입니다."

민규 속내를 모르는 카즈마, 물잔 숫자부터 만족하는 모습이었다.

다금바리 만찬의 시작은 '약선다금바리어죽'과 해초부각이었다.

"오오오!"

세팅도 되기 전부터 두 일본인은 조바심에 몸을 떨었다.

"먼저 와타루 회장님."

죽을 놓은 민규가 설명에 들어갔다.

"아까 들으니 한국말을 하시더군요. 한국어로 말씀드려도 되겠습니까?"

"그러시오. 능통하지는 못하지만 웬만큼은 합니다."

와타루가 기꺼이 답했다.

"지금 치아 건강이 좋지 않으시죠? 아마 입속에서 흔들릴 것으로 보입니다. 그걸 위한 약선어죽으로 녹각상을 넣어 만들었습니다. 녹각이 들어간 죽은 골수와 뼈를 튼튼하게 하고 치아가 흔들릴 때 특효제이니 한 그릇 드시면 다음 요리 드시기가 수월해질 겁니다."

"……?"

숟가락을 잡던 와타루가 고개를 들었다.

치아.

부실한 건 맞았다. 그러나 이야기를 꺼낸 적이 없었다. 그런데 족집게처럼 집어내다니…….

"양 회장님."

그의 시선이 양경조에게 건너갔다.

"우리 이 셰프님이 이렇습니다. 하지만 더 놀라운 건 요리죠. 드셔보시면 말로만 약선이 아닌 걸 알게 되실 겁니다."

민규를 아는 양경조는 죽을 권할 뿐이었다.

"그리고 부회장님."

이제 카즈마의 차례가 되었다. 그의 죽은 황기에 생강가루를 더해 조금 진했다. 위에는 국화 꽃잎도 십여 장 올라가 있었다.

"제가 드린 약수의 향은 잘 맡으셨습니까?"

"그럼요. 냄새가 바닥날 때까지 열심히 맡았습니다."

카즈마가 육천기 잔을 들어 보였다.

"부회장님은 최근에 비듬이 많이 생기셨죠?"

"아, 이거… 이게 나이가 들다 보니… 두피에 좋은 약을 신청해 두었으니 곧 해결이 될 겁니다."

그는 대충 얼버무렸다.

"죄송하지만 그거 일반적인 비듬이 아니라 풍증입니다."

"풍증이라면 중풍의 그 풍 말입니까?"

카즈마의 눈이 휘둥그레졌다. 일본도 한국과 같았으니 나이 든 사람에게 중풍이라는 단어는 금기에 속했다.

"아직 중풍까지는 아니지만 신호가 온 겁니다."

"허어, 이 사람이 듣자 듣자 하니까 재수 없게!"

기분이 상한 카즈마, 목소리가 격하게 높아졌다.

"죄송합니다. 그냥 넘어갈까 싶었지만 제 집에 오신 손님입니다. 이상을 알고서야 외면할 수 없었습니다."

"그러니까 내가 지금 중풍 직전이란 말이오?"

"그렇습니다."

"이봐요, 셰프. 내가 얼마 전에 건강검진 패키지를 받은 사람이오. 풍 같은 이야기는 나오지도 않았소."

"중풍의 전조 증상은 병원에서 잘 잡히지 않습니다. 나이가 있으시니 그런 말은 많이 들어보셨을 겁니다."

"말도 안 돼."

카즈마가 정색을 했다.

"제가 설명을 해드리죠."

"설명이라고?"

"백설(白屑)로 불리는 비듬은 폐의 열 때문에 생깁니다. 피부가 마르기 때문이죠. 그런 경우에는 박새뿌리가루를 머리에 바르면 해결되지요. 부회장님은 폐에 문제가 있으십니까?"

"없소. 내가 이래 봬도 폐 하나는 타고난 사람이오."

"그럴 겁니다. 폐의 열로 생긴 비듬이 아니니까요. 부회장님의 비듬은 두풍이라서 그렇습니다. 손가락 말입니다. 검지와 중지가 뻣뻣하고 감각이 둔해지셨죠? 어깨와 허벅지도 최근 들어 뻣뻣해졌을 겁니다. 아닙니까?"

"그, 그거야 나이가 들다 보니……."

"육체의 나이는 인정하면서 중풍은 왜 인정 못 하시는 겁니까?"

민규 목소리에 힘이 들어갔다. 친절하지만 묵직하게 변한 민규의 위엄. 카즈마 앞에서 슬슬 위엄을 펼치기 시작했다.

"발음도 달라지셨죠? 어떤 발음에 따라서는 혀가 꼬이는 듯한 느낌이 있습니다. 사소한 변화지만 다 중풍의 신호입니다."

"……."

"가장 큰 변화는 따로 있습니다."

"따로?"

"식욕 말입니다. 그 또한 최근 들어 식탐이 강해지셨죠? 그래서 굉장한 폭식을 즐기고 계실 겁니다."

"……?"

"그 또한 중풍의 영향입니다. 본래는 중풍이 제대로 온 다음에 생기는 현상이기도 한데 순서가 바뀌었군요. 식욕이 왕성해지는 건 풍이 몸에서 움직이고 있다는 증거입니다. 과식을 계속하시면 목숨이 위험해집니다."

"……!"

목숨 위험.

그 경고가 제대로 먹혔다. 긴가민가하며 부정하던 카즈마였지만 목숨이 위험하다는데 도리가 없었다. 게다가 민규의 말은 하나도 틀림이 없었던 것.

"두풍증에 맞춘 약선죽입니다. 석창포라고 풍병에 좋은 약재에 생강을 넣었고 약한 기를 북돋기 위해 황기를 첨가했습니다. 먼저 처방한 약수가 슬슬 신호를 보내고 있겠지만 다드시면 기가 충전되면서 손발과 어깨가 한결 부드러워질 겁니다."

"……."

카즈마의 시선이 손으로 향했다. 검지와 중지. 좀 뻑뻑하긴 했었다. 테이블 밑으로 내리고 몰래 움직여 보았다. 부드러웠다. 관절의 부담감이 거의 사라진 것이다.

"먹세나. 양 회장님이 보증하는 집인데 어련하려고."

와타루가 정리에 들어갔다. 양경조도 죽을 권하고 식사를 시작했다.

"……!"

감은 와타루가 먼저 잡았다. 죽을 비우고 부각을 집어 들었다. 고소한 참기름 향이 구미를 당긴 것이다. 아무 생각 없이 부각을 물었다.

와삭, 바삭, 와삭!

입안에 청량한 소리가 들렸다. 죽을 먹던 카즈마가 시선을 멈췄다.

"회장님……."

"왜?"

아삭!

와타루는 남은 부각을 마저 씹었다.

"치아… 괜찮으십니까?"

"응?"

그제야 혀를 이에 대보는 와타루.

"으음?"

고개를 살짝 기울인 와타루가 또 부각을 집었다.

와삭, 와작!

이번에는 함부로 씹었다. 이 때문에 조심스럽던 처음과는 달랐다. 하지만 통증이 없었다. 아주 없는 건 아니지만 신경 쓸 정도는 아니었다.

"이거?"

와타루가 민규를 바라보았다.

"많이 드십시오. 참기름으로 튀겨 회장님의 체질에 맞췄습니다. 원기에 보탬이 될 테니 조금 무리하셔도 괜찮습니다."

"반가운 말이오만 그렇게 되면 다금바리를 많이 못 먹을 텐데……."

"걱정하지 않으셔도 됩니다. 저를 믿어보십시오."

"뭐 그렇다면야……."

와타루의 손이 부각으로 향했다. 먹고 또 먹어도 손이 끌렸다. 고소한 맛으로 목형 체질을 저격한 덕분이었다.

으음…….

이제는 음미까지 하는 와타루였다. 치아 때문에 그저 삼키는 데 바빴던 회장. 아침 식사 때와는 천지 차이였다.

"……!"

환하게 펴진 와타루에 비해 카즈마의 표정은 굳어 있었다. 중풍의 전조가 될 수 있는 두풍증. 단어가 기분을 해쳤다. 생각 같아서는 자리를 박차고 돌아가고 싶은 심정. 그러나 중요한 자리다 보니 그럴 수도 없었다. 그런데… 대충 밀어 넣던 죽이 어느 순간부터 혀에 감기기 시작했다.

'응?'

숟가락을 바라보았다. 끝에 붙은 국화 꽃잎이 보였다. 불쾌감에 밀어놓은 국화꽃이 달라붙은 것이다. 그릇 모서리를 이용해 떼어내려 했지만 잘되지 않았다. 결국 젓가락으로 꽃잎을 잡았다.

'성가시게 죽에 웬 국화 꽃잎?'

물수건에 비벼 꽃을 떼어냈다. 그리고 젓가락을 놓으려는 순간, 카즈마도 알게 되었다. 젓가락질이 너무나 부드럽게 되고 있다는 사실.

"……?"

믿기지 않아 손을 바라보았다. 나무토막처럼 뻣뻣하던 손가락이었다. 특히 검지와 중지였다. 류머티즘이라도 생긴 걸까? 엑스레이에 CT까지 찍었지만 큰 이상은 없다고 했었다.

그러다 말겠지.

그렇게 지나온 게 벌써 두 계절. 그런데 지금은 아무렇지도 않았다. 다시 꽃잎 하나를 집었다. 옆으로 놓고 다른 걸 집었다. 그러다가 알게 되었다. 어깨도 시원해졌다는 걸. 그러나 내색하지 않았다. 메뉴가 진품 다금바리였다. 한국 셰프 따위가 짖든 말든 배를 채울 생각이었다.

"편안하게 즐기시기 바랍니다."

마침내 요리가 나왔다. 와타루와 카즈마의 입이 더할 나위 없이 벌어졌다.

—다금바리회.

—다금바리 특수 부위 모듬.

—약선다금바리초밥.

—약선다금바리가마보곶.

—금바리궁중어만두.

—다금바리궁중진주면.

—약선다금바리소방.

—다금바리해초전.

—약선다금바리간장구이.

—다금바리지리.

—삼색화전에 세 가지 단자.

너무나 근사한 상차림에 눈이 감기지 않았다. 오늘의 주인공은 당연히 다금바리. 질그릇 느낌의 대형 접시에 세팅된 다금바리 회. 투명하기가 수정에 버금가는 살점의 위엄이 하늘을 찔렀다. 실처럼 고운 무채 옆에 곁들여진 자연 해초들만 해도 장관인데 접시 가운데 놓인 꽃 조각 하나가 혼까지 빼 가고 말았다. 그 조각은 청초한 자운영이었다. 흰 연꽃을 오리고 끝에는 비트의 물을 들여 생화를 방불케 하는 자태였다.

옆으로는 다금바리 특수 부위 15종을 한 접시에 담아냈다. 다금바리 입술을 시작으로 볼살, 껍질, 내장 등이 망라되었다. 그냥 놓인 것도 아니고 색색의 15가지 낙엽 위였다. 노랑부터 밤색까지, 특수 부위의 분위기를 한층 더 살려놓았다.

두 개의 대형 접시 옆으로 펼쳐진 요리의 군무 또한 환상 그 자체였다. 다금바리 살을 포로 떠내 만든 가마보곶. 그건 일본풍이었으니 두 일본인에게 친근감을 주었다. 대형 연잎을 깔고 빈 공간을 채운 매화꽃 오림이 더욱 그랬다. 이웃에는 궁중어만두와 소방이 자리를 잡았다. 노란빛이 감도는 소방은 순결하기 그지없으니 당장에라도 젓가락을 들이대고 싶을 정도였다.

후들거리는 정신 줄 앞에 등장한 게 궁중진주면이었다. 맑은 육수 안에 든 건 알이었다. 그냥 알이 아니고 황금알. 다금바리 살점을 콩알만 하게 떼어내 녹두가루에 굴려 익혀낸 것. 거기에 상지수 코팅법으로 금박을 입혀놓았으니 황홀경이 따로 없었다.

색색의 색감에 바다의 향이 살아 있는 다금바리해초전, 뽀얗기가 우유보다 진한 다금바리지리… 구색을 위해 갖춰준 삼색화전과 세 가지 단자 또한 눈을 뗄 수 없을 정도였다.

"드시지요."

양경조가 요리를 권했다. 와타루의 젓가락은 다금바리회 접시 위에서 멈췄다. 다금바리회. 다른 회와 달랐다. 살점의 탄력과 쫄깃함이 비교 불가를 이루고 있는 것. 그렇다면 자신의 치아로는 감당할 수 없었다. 지그시 이를 물어보았다.

"……?"

괜찮았다.

아래위로 물기만 해도 은근한 통증으로 뻐끈하던 이였다. 부각을 먹을 때는 괜찮은 것 같았지만 상대는 찰고무에 비견되는 쫄깃함의 지존 살점. 무심코 민규를 바라보았다. 민규는 끄덕, 시도하라는 신호를 주었다. 와타루의 젓가락이 결단을 내렸다.

우물!

식감부터 기가 막혔다. 미끌거리는 체액을 걷어내고 작업했기에 비린내는 '아주' 없었다. 어금니 쪽으로 밀어 넣고 살포시 씹었다.

'응?'

아프지 않았다. 더 강하게 씹었다. 그래도 괜찮았다. 그제야 마음 놓고 저작하는 와타루. 긴장을 푸니 다금바리의 진미가 입안에서 요동을 쳤다.

"최고로군요."

와타루가 웃었다. 첫 회를 안전하게 넘긴 와타루가 본격 출격을 했다. 이번에는 무엇을 집을까?

'특수 부위…….'

민규는 그 젓가락의 목표를 알고 있었다.

미각 등급 A.

그의 체질 창에 들어온 불 때문이었다. 치아의 애로가 가시자 마음 놓고 먹기 시작한 와타루. 그의 미각 등급에 서린 안개가 걷힌 것이다.

미각 등급 A라면 미식가에 버금가는 수준. 그렇다면 한 점을 먹어도 특수 부위였다.

"최고입니다."

다금바리 한 점에 칭찬 한마디. 그러면서도 그의 미식 기행은 멈추지도 않았다.

"내가 300kg짜리 참다랑어부터 붉은쏨뱅이, 줄가자미, 돌돔, 강담돔, 긴꼬리벵에돔에 넙치농어까지 먹어봤지만 역시 다금바리로군요. 쫄깃함 뒤에 따라붙는 고소함과 찰진 맛이 가히 천계의 맛입니다. 씹을수록 황홀해진다고 할까요?"

시식 평이 나왔다. 과연 좋은 미각을 가진 사람다웠다.

카즈마도 바빴다. 그는 한 젓가락에 세 점 네 점의 회를 사냥했다. 체면만 아니라면 이 테이블의 전부를 흡입하고 싶을 정도였다. 그는 대식가였으니 문제가 될 것도 아니었다.

하지만 그의 폭식은 회와 특수 부위, 나아가 초밥과 가마보곳까지일 뿐이었다. 가마보곳이 넘어가는 순간부터 식욕에 브레이크가 걸렸다.

싱싱함이 살아 있는 해초전을 집어 들어도 그랬다. 별식으로 내준 다금바리간장구이도 마찬가지. 태운 씨간장으로 간을 맞춘 구이는 입가심용으로 찜해두었지만 속도가 나지 않았다.

'체했나?'

고개를 갸웃하지만 그건 아니었다. 속은 더없이 편했고 컨디션도 좋았다. 신기하게도 식욕만 사라진 것이다.

"부회장, 왜 그러고 있는가? 혼자 다 먹어도 말이 될 사람이?"

초밥을 가득 문 와타루가 말했다.

"그게……."

"셰프께서 한 말에 불쾌해서 입맛이 당기지 않는 건가?"

"아닙니다. 처음에는 그랬지만……."

"그런데 왜?"

"글쎄요, 조금만 먹어도 배가 행복합니다. 어째 회장님과 제가 바뀐 것 같습니다만."

"응?"

와타루가 정신을 차렸다. 그러고 보니 자기 앞쪽의 요리들이 휑하니 비어 있었다. 맛에 취해 골고루 흡입해 버린 것이다.

"셰프님."

와타루가 민규를 바라보았다. 궁금한 게 많은 눈빛이었다.

"회장님은 원래 미식가로 맛을 즐기는 분이십니다. 다만 치아가 부실해 흥미를 잃었던 것뿐이죠. 이제 그 애로가 가셨으니 맛에 심취하는 건 당연합니다."

"그럼 우리 부회장은?"

"아까 말씀드렸지만 중풍을 방지하려면 과식을 막아야 합니다. 해서 제가 약수로써 식욕을 다스리고 기가 잘 통하게 해드렸습니다. 기가 제대로 돌면 풍은 멀어질 겁니다. 하지만 군이 원치 않으신다면 아까의 체질로 돌려 드리겠습니다."

민규가 카즈마를 바라보았다.

"아, 아닙니다. 곰곰 생각하니 셰프님의 말이 맞습니다. 손가락이 부드러워지고 어깨와 허벅지도 자연스럽습니다. 제 목소리는 어떻습니까?"

"제가 듣기에는 괜찮습니다만 회장님은?"

민규는 와타루의 확인을 원했다. 같이 사는 사람이 제대로 알 일이었다.

"내가 듣기에도 좋아요. 가끔 버벅거릴 때 보면 이 친구, 술도 안 마시면서 왜 이러나 싶기도 했는데……."

와타루가 확인 도장을 찍었다.

"셰프, 제가 고집을 부렸습니다. 죄송합니다……."

카즈마가 웃었다.

"그렇게 말씀하시니 제가 선물을 하나 더 드리지요."

"선물이라고요?"

"화장실에 간 다음 거울을 보면서 머리를 털어보시죠. 비듬이 내려오지 않을 겁니다."

"앗, 정말입니까?"

카즈마가 벌떡 일어났다. 화장실로 들어가기 무섭게 고개를 내밀며 소리를 질렀다.

"맞네요. 비듬이 나오지 않아요!"

카즈마는 싱글벙글 돌아왔다. 자리에 앉나 싶었지만 대형 돌발이 나왔다. 느닷없이 민규에게 꾸벅 큰절을 해버린 것.

"부회장님."

놀란 민규가 주춤 물러섰다.

"잘난 똥고집이 자존심을 부추겨 예의를 잊을 때가 있습니다. 대가를 몰라보았으니 아까의 무례에 대해 다시 한번 사죄를 드립니다."

"아, 아닙니다. 어서 일어나십시오."

놀란 민규가 카즈마를 일으켜 세웠다.

"그럼 용서하신 것으로 생각하겠습니다."

"예. 예."

서둘러 마무리를 했다.

"셰프님, 여기 앉으시지요."

차와 후식이 나오자 와타루가 자기 방석을 내주었다. 진심으로 고맙다는 인사의 일환이었다. 그 또한 주인의 매너가 아니었지만 와타루의 간곡함 때문에 배석을 했다. 쉬는 날이라 다른 손님이 없기에 다행이었다.

"오늘의 진품 다금바리, 기가 막혔습니다."

"맛나게 먹어주셔서 고맙습니다."

"아닙니다. 다금바리만 해도 황홀한데 늙은 몸들의 아픈 곳도 돌봐주시고… 아울러 요리의 기품도 말할 나위가 없었습니다."

"다음에 또 오시면 더 정성껏 모시겠습니다."

"양 회장님."

와타루의 시선이 양경조에게 건너갔다.

"예."

"다음에 또 오고 싶으니 우리 셰프님 앞에서 이 사람 체면 좀 세워주시겠습니까?"

"계산만 아니면 뭐든 괜찮습니다만."

"계산입니다만."

"회장님, 계산은 제 손님이시니 당연히 제가……."

"부회장과 제 병까지 고쳤으니 저희가 주가 되는 게 맞습니다. 회장님이 양보하시죠."

"허어, 이러시면……."

"오기 전에 말씀하시길 회장님의 약선죽이 여기 셰프님의 레시피를 받아서 만든 거라고 하셨죠?"

"예."

"그 약선죽, 회장님의 제안대로 계약해 드리겠습니다."

아타루의 발언이 시원하게 나왔다.

"예?"

"대신 일본에서는 저희 회사하고만 독점으로 거래하셔야 하며 또 하나, 여기 계산은 제가 합니다."

"……."

"안 됩니까?"

"아닙니다. 정 그러시다면……."

"셰프님, 들으셨지요?"

와타루가 신용카드를 꺼내 들었다. 양경조를 돌아본 민규, 별수 없이 카드를 받아 들었다. 이날 계산은 일인당 200만 원. 도합 600만 원을 긁었다. 금액에 대해서는 누구 하나 토를 달지 않았다. 대물 진품 다금바리는 원가만 해도 백만 원대 단위. 약선요리까지 곁들였으니 1천만 원 이상을 청구해도 문제가 없을 일이었다.

그런데, 거기서 또 한 번의 돌발이 일어나고 말았다. 이번에는 와타루 회장이 민규에게 절을 한 것이다.

"멋진 다금바리 약선 연회를 열어준 데 대한 보답입니다. 오늘을 잊지 않을 겁니다."

행복해서 하는 인사는 그 본인을 행복하게 만든다. 그 말을 증명하듯 절을 마친 와타루 표정은 정말 행복해 보였다.

이 사람들…….

매너 하나는 갑이네?

황급히 맞절을 하는 민규의 생각이었다.

『밥도둑 약선요리王』 14권에 계속…

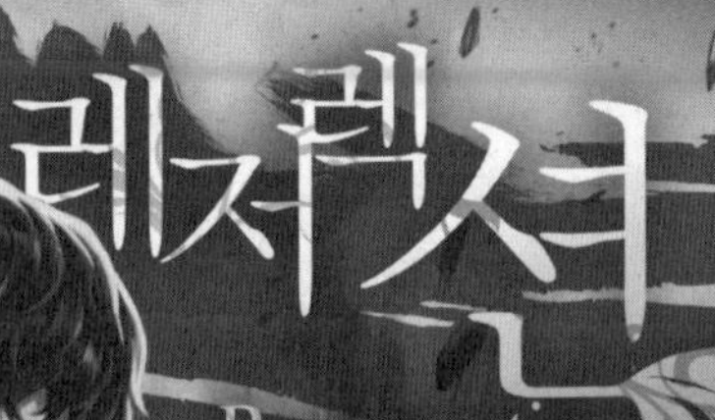
레저렉션
Resurrection